十年，才開始

泰華 小詩磨坊
十 年 · 詩 選

林煥彰
主編

小詩：一個晶瑩剔透的小宇宙
——序泰華「小詩磨坊」十年詩選

洛夫

　　詩人善於創造奇蹟。2006年一群泰華現代詩人，在詩人林煥彰催生輔導之下，創辦了六行詩規格的《小詩磨坊》，一時風生水起，掀起泰華詩壇一陣漣漪。十年磨劍，十年堅持，終於凝聚了十一位詩人的智慧和心血編成這部《十年詩選》，歲月見證了他們璀璨的成果，實屬不易。

　　《十年詩選》中均屬抒情小詩，情感內斂，意味蘊藉，筆下不沾不滯，不溫不火，書寫他們的生活情趣，生命感悟，以及身為海外華人那種蒼茫恍然的心境。他們在詩中呈現的決不是浮光掠影的表層現實，而是那種訴諸直覺，出自純粹心靈感應的空靈境界，有哲理的啟迪而無格言的說教。其實一首好的小詩並非搜盡枯腸尋覓而來，而是妙手偶得之。中國的唐詩絕句可說是小詩的典範，小詩也可大寫，可以寫出杜甫「功蓋

三分國,名成八陣圖,江流石不轉,遺憾失吞吳」如此超越時空,論述歷史的大題材。宋·嚴羽說:「意貴透徹,不可隔靴搔癢,語貴灑脫,不可拖泥帶水」,這樣的小詩才是第一義的詩,意象簡約透明,但又不是散文那麼明白如話,散文囉囉嗦嗦一大篇,猶不能把情理說的透徹,不如把它交給詩,哪怕短短五六行,便可營造一個晶瑩剔透的小宇宙。

在資深詩人嶺南人,曾心二位帶領之下,十年來《小詩磨坊》走的頗為穩健,每年都有一部詩選出版,但也會不時面臨創作遭遇瓶頸的問題。林煥彰則鼓勵他們:一要勇於改變,一要耐心堅持。有趣的是,我在《十年詩選》中讀到曾心的小詩〈一尾魚的發現〉,前一節是這樣的:

> 當走投無路時
> 便向水面一躍
> 竟發現
> 一個比海更寬闊的天

這不是王維「行到水窮處,坐看雲起時」的白話詩的意譯嗎?王曾的詩,其意蘊有著驚人的相似,何嘗不可視為詩歌創作面臨困境時的解救之道:另闢蹊徑。所謂「江郎才盡」只是靈思一時塞滯,但潛能仍在,這時,「變」便成了天才的另一個名詞。

我的語言風格,詩的形式一直在變。一個詩人畢竟一生不可能只寫一種風格的詩而不變,時代潮流催著他變,個人創意逼著他變,他如果追求突破,就必須不斷放棄,又不斷佔領。事實上詩人常因歲月嬗遞而引發內心變化,個人生活形態的

轉變而產生不同的美學信念，不同的感受強度和思考深度，而這些變化也勢必促使他對題材選擇，意象語言，表達策略的調整。因此，數十年來我從事現代詩的探索歷程，包括早期擁抱現代主義的狂熱，中期重估傳統文化價值的反思，以及晚期抒發鄉愁，關懷大中國，落實真實人生的丕變，每一階段都是一個新的出發，一種新的挑戰。當然，我的「變」主要在語言表達方式和詩的形式的變，換一個新的面具，面具後面的真我和獨特的詩歌精神卻是萬變不離其宗的。

在當今這消費主義商品經濟操控一切的社會，人的物質欲望高漲，顛覆了傳統的人文精神和價值意識，導致精神生活枯竭，文學退潮，詩被逼到邊緣，備受冷落，這種現象在今天反而成了常態。有人曾問我：在詩歌日漸被世俗社會所遺棄的年代，是一種什麼力量使你堅持創作數十年而不懈？當時我毫不猶豫地回答說：在我心目中，詩絕對是神聖的，我從來不以市場的價格來衡量詩的價值。我始終認為寫詩不只是一種寫作行為，而是一種價值的創造，包括人生境界的創造，生命內涵的創造，精神高度與硬度的創造，尤其是語言的創造。詩可使語言增值，使我們民族的語言鮮活、豐富而精緻。詩是語言的未來。這是我對詩的絕對信念，也正是驅使我全心投入詩歌生涯數十年如一日的力量。在這草草的一生中，我擁有詩的全部，詩也擁有我的全部。

寫詩是對美的長期追求。當今也許不是詩的時代，但是需要詩的時代，因為詩不僅是個人情感的載體，也是為人類文化添加華彩，加墊高度的元素。以上是我個人對詩創作時「變」與「堅持」兩個關鍵詞的思考，僅提供《小詩磨坊》參考，并與泰華詩人共勉。

走向小詩天下

白靈

　　讀一首好詩如在迷霧中聽到鐘聲，令人在茫然中突地警醒，心理上暫獲支撐。又如在半夜中看到流星，眼睛和大腦一瞬間被點亮，有懊惱也一時暫忘。或如走過井邊，偶然瞥見井底飄過一朵清亮的雲，迷人又說不出它的形狀。它們都有個共同特點，短而特殊、一瞥或一記，即令人印象深刻、如獲得什麼啟發。

　　詩從日常語言出發，卻又是抵抗著日常語言的，從塵土裡站起來，又睥睨著塵土的。詩語言因此崇尚簡潔和不俗，像荷葉掌上滾動的露珠，正對比了世間事物的煩瑣、冗長、平凡和易朽。

　　當一個十三歲的初一學生在聽了一堂新詩演講後，寫下一句簡單的比喻：「時光如同你永遠摸不到的飛鳥」，此後，詩就是他心靈天空中經常盤旋的、可見而不可摸的飛鳥了。每個

人心中的某一階段或某一刻,都曾等待過這樣的飛鳥、乃至看過這樣的飛鳥,振動著或長或短的雙翅滑過髮邊、或眉間。

這十年,對泰華詩人而言,小詩,尤其是六行詩此一形式,就是這樣不時滑過他(她)們髮邊、或眉間的飛鳥,是生活迷霧中的鐘聲、是夜裡抬眼常常可以抓個正著的流星、是不時飄過窗邊的一朵清亮的雲。而始作俑者,是自2003年主編世界副刊即奮力支撐此一形式長達十餘年的詩人林煥彰。

林氏從台灣跨地域到東南亞和兩岸,又跨界於詩於畫、童詩成人詩兼擅長,並常將自己和他人詩畫、攝影、書法、新詩古典詩相容於他主編的《乾坤》詩刊、自建的網路FB和部落格上。泰華詩人們則除詩外,多能兼擅散文、小說不同文類,或擅長書法、繪畫、篆刻、乃至導演……等不同藝術形式,小詩磨坊的眾成員視野顯然比純文字創作者寬廣許多。在他們身上,我們看到了「新詩四性」實踐的可能性。

「新詩四性」是筆者對當代新詩在表現形式的發展上評估其走向而提出的四項特徵:一是兩極性,二是互動性,三是跨界性,四是全方位性。二至四項乃後現代社會開放性的必然趨勢,過去認為的個人專業性迷思被打破,跨領域成了當紅議題,而且不排斥一個人可以獨攬各項能力、也歡迎一群人共同跨地域跨媒介合作。新詩於此跨領域的趨勢裡並未居後,也同樣正在進行式中。

但其中,當前最值得討論,且與小詩磨坊諸成員所一直堅持的,即上述第一項的「兩極性」,尤其是詩之「長短兩極性」發展中,選擇的創作形式不是走向「詞費」的長詩方向,而是向「詞省」的小詩方向靠攏。

詩形式的推動本來就不易形成共識,常需有先見者在前衝

鋒，跟踵者前撲後繼、響應者此起彼落，最終形成眾創作者的
共識，方可畢其功，但何其難也。而這些年來，除了小詩磨坊
諸君外，小詩一直未能形成華文詩人創作的主軸和詩壇普遍的
創作風氣，畢竟是事實。唯小詩的互動力、感染力和影響力要
到了2014年，才隱然形成一股不可忽視的氣勢。

因此小詩磨坊此一華文詩界唯一堅持十年的小詩集團，或
可以從四方面看出此一文體形式運作的特殊意義和影響：

一、是對當前時空環境即時互動和反應的意義。

小詩的趨向在資訊大爆發的環境中反而更易夾縫中求生，
在有限的螢幕空間中獲得一定的曝光機會。尤其近十年先由電
腦走向筆電，再走向平板和智慧型手機，由網頁（web／微博）
走向部落格（博克）再走向臉書／LINE／推特……等等互動功
能即時功能越來越強大的趨勢中，文字的生存空間遠遠不如泛
濫的影音大潮的影響力，但越是精簡、醍醐灌頂的語言、尤其
是詩，反而可與影音搭襯演出，獲得一定的展演手腳的機會。
這也是為什麼「散文詩教主」的商禽（1930~2010年）於七十六
歲時（2006年）要說：「每一個詩人大概最終的願望，就是做
一個畫家兼導演，把聲音、形像、色彩全部表達出來。」他的
意思是在一個「全方位時代」，詩人要不想辦法把自己「全方
位化」，要不也不能在時代大潮中讓詩缺席。小詩磨坊的努
力，就有要想方設法，擠進、參與這樣的時空環境，即時與之
互動。

二、是歷時的小詩傳統承繼的意義。

　　二〇、三〇年代冰心、宗白華受到日本俳句、印度泰戈爾影響掀起的小詩寫作，沒幾年就沒了蹤影，此後提倡或以小詩為創作主力的詩人微乎其微。要到1979年羅青編纂《小詩三百首》後，才獲重生，零散在1949年前後的小詩殘簡再得出土。但他的十六行小詩上限始終未獲認同，自己也很少創作小詩。倒是臺灣在小詩的推動中，也曾引發過海峽對岸對小詩的注視，但力量仍極微弱，「七八十年代以來，臺灣現代詩界又助動過一次時間較長的小詩運動」、「大陸詩界隨之續接了這一小詩熱潮。詩人粥樣選編了《九行以內》，楊景龍編印了一本《短章小詩百首》。2006年，山東一家出版社印行了詩人、詩評家沈奇編選的《現代小詩300首》」[1]。粥樣就是主張「M形式」的選擇：「要嘛靠近讀者」（九行以內）「要嘛靠近專家」（九百行以上）的大陸詩人。其可能原因則是：

> 及至上世紀八〇年代，先行遭遇大眾消費文化「洗劫」的臺灣詩歌界，面對現代詩的「消費」空缺，開始關注和提倡小詩創作，以求親近讀者而改善現代詩的「生存危機」。而上個世紀九十年代以來的大陸詩歌界，急劇先鋒導致急劇自我邊緣，是以近年來，大陸詩學界也出現小詩創作的提倡者，主張以古典詩歌的「簡約性、喻示性」等，先對現代詩歌的外在形式進行約束，使其既

---

[1]　呂剛，〈詩的小與大〉，2014年12月2日新浪博客，見http://www.weibo.com/p/2304184ce10d950102v918

　　直擊人心又親和可近。[2]

上面引文是說臺灣挑起小詩運動是為改善「現代詩的『消費』空缺」和拉近讀者以免有「生存危機」，這只達到1979年羅青編選《小詩三百首》最大目的的一半：「一是為了引起讀者對小詩的興趣，然後再從小詩走入更深廣的白話詩世界之中；二是為喚起詩人對小詩的重視，然後再從小詩出發去建立一個更豐富的白話詩傳統」，如今看來，很可惜，第一個目標要等到小詩磨坊努力多年後，才慢慢有了回響，唯事隔三十餘年，離第二個目的仍有相當距離。而小詩磨坊的努力就是歷時地承繼這個小詩運動最具衝鋒精神的實踐群。

三、是並時的跨地區互動影響的意義。

　　就在1997年筆者主編《臺灣詩學季刊》第18期集稿「小詩運動專輯」之前，1995年大陸詩人雁翼就出版了《雁翼超短型詩選》，1996年重慶《微型詩刊》也誕生，把微型詩(一至三行，五十字或三十字內)從小詩中分離出來。2004年5月《網路微型詩論壇》把微型詩推向網路媒體集中進行創作和宣傳，2004年11月《中國微型詩網站》誕生和2005年1月《中國微型詩》（詩刊）創刊。其後陸續有《微型詩》共出版了70期（1996-2007）；《中國微型詩》（詩刊）共出版13期（2005-2008）；《微型詩潮叢書》個人微型詩集30冊（1997-2002）、《華文微型詩叢》個人微型詩集四冊（2004）、《微型詩存》

---

[2]　孫金燕，〈「如何再短一點」——評洛夫的詩《曇花》兼談小詩〉（《華文文學》，2010年第1期。

（一、二、三卷）（2001、2005、2007）、《微型詩500首點評》（穆仁主編，1999，重慶出版社出版）、《微型詩精品百首》（郭密林主編，2007，香港天馬出版）、《中國微型詩300首》（蒼山一畫編著，湖南人民出版社）、《中國微型詩萃》（第一卷、華心主編，2006，香港天馬出版）及個人微型詩集九冊（1998-2008）、《微型詩話》（穆仁編、2004，香港天馬出版）、《滴水藏海──當代微型詩探索與欣賞》（寒山石，2006，中國圖書出版社出版）、《微型詩論探》（寒山石，2009，現代出版社）等等，可說熱鬧非常、琳琅滿目。

呂進在主編《中國現代詩體論》（2007，重慶出版社出版）時，還在第四章花了約五萬字專章論述微型詩，包括「微型詩的產生和發展」、「微型詩的文本特徵」、「微型詩的創作和鑒賞」等三節，將之視作一種獨立的詩體，可見得大陸在微型詩體的建構繳出了一定的成績。在此，一般仍是把微型詩視為小詩的一環，其更易著手、更具庶民性，也無庸置疑。

即使如此，但到2013年為止，台灣的小詩出版物只零星出擊，數十年中為數眾多的新詩獎也從未有正式徵求過十行以內的小詩獎。於此可見，在新世紀以來，臺灣在小詩運動的努力上還呈落後大陸之勢。臺灣徵求詩創作獎是從早年徵求千行詩、一路「降行」到徵四百行、兩百行、到六十行、五十行、四十、三十行，可說如瀑布直泄，一直要到明道文藝徵求國中（初中）新詩獎以十五行為度，已是極限了。只有回過頭仍要等到《臺灣詩學季刊》2014年徵求十行以下及百字內的小詩獎，還聯合了臺灣的《創世紀》、《乾坤》、《臺灣詩學》、《衛生紙》、《風球》包括老中青三代詩人的五大詩刊及《文訊》雜誌等共六個刊物，於2013年12月15日即聯合發起「2014

鼓動小詩風潮」運動，接連出版了八冊「小詩專輯」才略能跟上。這是臺灣自有詩刊發行以來，從未有過的「大集合」和「聯合行動」。而台灣「2014鼓動小詩風潮」運動的背後直接影響，即是林煥彰先生與泰國「小詩磨坊」和他們帶起的刺激開的端、引的火，然後因頻繁交流終於「回擊」臺灣所致。

　　大陸方面也因東南亞尤其是泰華小詩的出眾示範，乃有《詩歌月刊》在2014年7月至10月號分別刊出了「東南亞小詩大展印尼專輯」（刊出卜汝亮／蓮心／葉竹／北雁／沙萍／符慧平等的作品）、「東南亞小詩大展新加坡專輯」（刊出林錦／周德成／郭永秀／曦林作品）、「東南亞小詩大展泰國專輯」（刊出曾心／嶺南人／楊玲／博夫／苦覺作品）、「東南亞小詩大展泰國小詩磨坊特輯」（刊出蛋蛋／曉雲／晶瑩／林太深／莫凡作品）。在2014年的《華文文學》上則有泰國曾心寫的〈新詩體『創格』的嘗試——以泰華『小詩磨坊』的詩為例〉（2月，頁114）、沈玲〈詩與思——菲華著名詩人雲鶴詩歌研究〉（3月，頁83）、沈奇〈瞬目苔色小詩風——《磨坊小詩》2014序〉（4月，頁50）。而《名作欣賞》則見到〈《名作欣賞》《華文文學》《詩歌月刊》三家聯手舉辦東南亞小詩大展〉（2014年10期）及吳昊及孫基林〈現世情懷與彼岸梵音——論泰華小詩〉（2014年22期）二文。可見得泰華一地之詩壇風氣，用力一深，對他地詩壇之無形影響終究有逆流、回饋的可能，這是泰華詩人並時的「跨地區」、「跨時空」對其他地域的重要影響，其推波助瀾之勢仍在延展中，後續效力常非原先成員所能預知。

四、是對小詩極簡形式和其內容重予審視的實驗意義。

小詩磨坊諸君所實驗的，雖未必服膺二次世界大戰之後六○年代所興起的藝術派系：極簡主義（Minimalism），卻多少有那種對過度走向表現主義、無限制使用大量辭彙、比喻、意象，以致無法節制的呈現形式，踩了剎車。並朝向它的反面，也就是最原初的物自身或簡易形式走去，意圖消彌作者過度揮灑而對讀者意識造成壓迫感。因此文辭限制在六行內，極少化了文辭，等於部份開放了作品想像空間，讓觀者自主參與對作品的建構。此與生活的簡約、去掉沉重甚至是超重的行李、擺脫過度傢俱的堆疊，求取簡單的生活，享受簡單帶來的美好和輕鬆，意義頗為類似。亦即在詩中認真去思考自己到底需要什麼。減少後，才能看得見「重要」。

小詩磨坊成員十年來由八位增到十一位詩人，創作了二、三千首小詩，多以六行為度，卻也不排斥採用三行四行五行，在形式上雖然極簡，但對分行分段也多考究、多加試驗，比如採用六行時，則有時三三、有時二二二、有時五一、有時三二一、有時三一二、有時四二、有時二四行，這與時下許多詩人長長數十行仍不分段的形式大相逕庭。由此看出詩行的極簡帶出的，反而是用詞的謹慎，留給讀者更大的思索空間。比如曾心的六行小詩〈撐杆跳高〉是二二二的三段排列：

一個「，」
彈上雲霄

> 一個「！」
> 從蒼天降落
>
> 橫空的「－」
> 頓時開了口

一如曾心所說：符號比文字更直觀，更形象。「開了口」三字像抿住成「一」字形的唇張開，容許物質落入，一如人從橫竿翻過後掉下去，相當形象地表現了撐竿人的技藝。因此可以用「，／！／－」代表眼中所見，文字反而無能為力，但讀者心領神會其過程為何，這是標點符號與文字合作的絕佳示範。

林煥彰的〈雨天〉則是五加一行的形式：

> 一口老甕
> 裝著全家人的
> 心，放在屋漏的地方
> 接水
> 彈唱一家人的
>
> 辛酸……

詩的第三行，將本是第二行尾詞的「心」字置於開頭，反而感受到漏水掉下處為「心」而非老甕。末尾用彈唱方式表現一家人的辛酸，真的就不只是辛酸而已。

泰華詩人的老大嶺南人的〈孤獨的筷子〉說的是海外第二

代第三代無力可挽回的在地化：

> 一家，三代同桌晚餐
> 餐桌上，八對刀叉一雙筷子
>
> 桌上，擺滿燒雞、沙爹、海鮮酸辣湯
> 清蒸石斑魚，青菜豆腐
>
> 不會用筷子的子女，
> 夾不起漢菜的芬芳

前四句多用名詞，為敘述或記錄事實，末二句為批判句，使前列刀叉對筷子、沙爹對豆腐的矛盾，得到一攤牌，說明了做為一雙孤獨的筷子或海外老一代華僑的苦楚。

博夫的〈我的腳〉也一如嶺南人筷子的孤獨感，非常不習慣華人氣質的被遮被掩，六行中採用三一二的形式：

> 我的腳是中國的腳
> 從家鄉的泥土裡拔出來後
> 一直在許多國度的皮鞋裡不見天日
>
> 每年回國都要到故鄉小河裡洗一洗
>
> 只想讓小河的記憶裡
> 永遠有這雙男人的臭腳

末兩句說的是「小河的記憶」而不是人的記憶，更突顯了鄉情的濃重和難以割捨。

　　楊玲的〈孤獨的月亮〉是藉自然景物寫個己心情：

　　　　晚風中
　　　　星星和燈光在眨眼

　　　　只有孤獨的月亮
　　　　找不到伴侶

　　　　請開個郵箱
　　　　我夜夜給你寫信

詩中的星星在天，燈光在地，均不會是單獨一個，反而可能是成群結隊的，只有月亮才是孤獨的一個，說的雖是月，指的反而是內在的孤寂感。末兩句輕鬆有趣，突地出現，非常有現代感，而且與今日常人習性極近，反而有種親切感。她的〈沉重的思念〉、〈朱熹書院〉二詩也都有這種效果。

　　此外，如苦覺的〈別〉：

　　　　你走的時候，下著雨
　　　　我把牆上掛了多年的帽子
　　　　給你

　　　　在原處的釘子下
　　　　我發現，還有頂

取不下來的白帽子

說的不是真有「取不下來的白帽子」，而是牆上的印記，一如心中的印記，一時半載難以消泯。再如曉雲的〈暗戀〉：

住在我心裡
你從不交租

下筆吧
我要做你的一顆牙
我難受
你也疼痛

「交租」喻情，甚是奇想，第二段一轉，反主為客，要當一顆蛀牙住在對方嘴裡。像是隔世的報復，卻是直指相思的磨人、難以忘懷。

蛋蛋〈距離〉一詩又是另一種寫法：

山與水的距離
用雲來丈量
心與心的距離
讓時間去丈量

走出一步就遠了
再走多一步便近了

末二句甚有哲意，一但起意走出，一步即遠，但若起意走近，一步不足，再一步便近了．寫出了人與人的之間互動的微妙關係。

其餘如今石的〈大象〉：「落下的腳／懸在半空／／凝固了／／一隻黃絲蟻／淚流滿臉」充滿了強者與弱者互動的同理心，隱喻也批判了世間弱肉強食的現象。晶瑩的〈江岸上〉：「本欲隨波逐流／卻被浪花拋到了岸上／／吐出腹中紅豆／在江邊種出一片森林／自此——／我便成了仇恨的始作俑者」，則書寫尋得自我後所遭遇的情感困境反而難以釐清和化解。曉雲的〈前世緣〉：「那艘叫思念的船／載著我／擱淺在滄桑歲月／／一隻銜著前世緣的蝶／落在船頭」，末二句使詩有了極大的想像空間，乃至富有故事玄機。莫凡的〈別〉：「在　機場／在　碼頭／在　車站／／因為你／淚水在承襲著一個／遠古的擁抱」，詩中的「你」像是直指「別」是一隻專門拆散情感的精靈，自古迄今，到處看見他的出現，既哀傷卻又有久離前溫馨的擁抱畫面，令人不勝唏噓。

由上引諸詩，可以讀出泰華小詩磨坊諸君內在情感是如何的澎湃、綿延卻又極端克制，展現時只使用簡約、有意味的文字，不過度鋪張意象或隱喻，以兩段或三段形式分隔有限的行數，使之有呼吸空間、或拉寬拉開彼此關聯性，讓讀者想像力也可參與。

小詩磨坊十年的努力，並非一地一域的閉門推磨，其整體呈現的作品和實驗精神、在極簡形式上所呈露的豐富題材和內容，正可提供其他華文詩界再作思索和參酌、乃至展開嚴肅的學術討論和研究。

未來一朝走向小詩天下時，小詩磨坊這十年的磨礪過程就更當是值得大書特書了。

詩的縴繩
——爲「小詩磨坊」成立十周年而作

曾心

十一位赤腳縴夫
拉著一座古老的石磨

和著3650個日夜星辰
順著天地「呼隆」旋轉

十年磨出一條詩的縴繩
——2410首小詩的連線

〈詩外〉「小詩磨坊」十周年慶，獻出《小詩磨坊》共十集，又編一本詩選
　　　集，凸顯了縴夫之「力和美」。

目次

【推薦序】小詩：一個晶瑩剔透的小宇宙
　　　　　　——序泰華「小詩磨坊」十年詩選／洛夫 003
【推薦序】走向小詩天下／白靈 006
【詩序】詩的縛繩——為「小詩磨坊」成立十周年而作／曾心 019

嶺南人

醉詩 028
紙船 029
盪鞦韆 030
知音 031
風鈴 032
樹說 033
孤獨的筷子 034
人 035
日曆 036
畫像 037
龜說 038
華僑 039
八十讀王維 040
黑咖啡的下午——獻給父親 ...041
碗說 042
兩片流淚的雲——寄林太深 ...043
讀母親 044
問孔子 045
曇花 046
種夢 047
番薯 048

曾心

陀螺 050
筷子 051
佛 052
瀑布 053
一尾魚的發現 054
龜的決心 055
挑擔子 056
中秋戲 057
元宵 058
龜的行程 059
撐杆跳高 060
檳榔 061
詩的風向球 062
膜拜詩神 063
家鄉的路 064
唐人街 065
羽毛筆 066
螢火的事 067
看地圖 068
海帶 069
舶來的貓 070

❁ 目次 ❁

林煥彰

有借有還 072

收集 073

空 074

蛙聲 075

雨天 076

在，無所不在 077

寂靜的山路上 078

椅子看風景 079

襪子 080

鞋子 081

褲子 082

靜觀・海——1. 083

靜觀・海——2. 084

靜觀・海——3. 085

雪溶化 086

雨，路過 087

風，高過 088

雲，想過 089

要，不要 090

笑與哭 091

睡與醒 092

博夫

年的味道 094

花與根 095

桃子 096

二胡 097

炎黃子孫——僑居生涯的感慨
（組詩）之五 098

我在小酌——僑居生涯的感慨
（組詩）之八 099

丁香花 100

看天 101

雨情 102

流逝的旋律 103

彩色的漣漪 104

元宵祭祖 105

子鼠 106

午馬 107

孵化 108

當鋪 109

車舟 110

我的腳 111

想醉 112

睡蓮 113

家酒 114

今石

柿子熟了 ....116　　一隻蟋蟀 127

雨夜 ....117　　花 128

泉 ....118　　菊花 129

草 ....119　　雨中 130

牛 ....120　　金達萊花 131

大象 ....121　　榕樹 132

看見 ....122　　西瓜 133

鱷魚 ....123　　貓 134

海 ....124　　狗 135

真理 ....125　　流浪貓 136

返老還童 126

楊玲

綠柳 ....138　　沉重的思念 149

問落花 ....139　　孤獨的月亮 150

落葉 ....140　　椅子 151

報案 ....141　　影子 152

風雨 ....142　　夜 153

夜半醒來 ....143　　泰國龍虎園 154

吻 ....144　　磨坊 155

臥佛 ....145　　外灘的寒夜 156

美斯樂──泰北之行.1 ....146　　厚度 157

癡纏──泰北之行.2 ....147　　朱熹書院 158

寫詩 148

目次

晶瑩

知足 160

滑冰 161

江岸上 162

緣 163

殉道 164

時光 165

杞人憂地 166

悟 167

海 168

與月回家 169

形影對話 170

雪花 171

水‧冰 172

踏雪訪梅 173

夢‧影 174

百度 175

懺悔 176

叩春 177

月對日的訴說 178

走近 179

江畔夜趣 180

苦覺

水燈節 182

版權問題 183

奶牛 184

擺攤 185

涼亭 186

別 187

看海 188

冬景 189

曇花 190

出門 191

桂河橋 192

賣花的小女孩 193

易經 194

雄雞 195

泡茶 196

葡萄 197

火龍果 198

鬧市 199

三月 200

大寒 201

空 202

曉雲

愛情契約 204

月圓 205

藥引 206

風鈴 207

錯位 208

魚說 209

前世緣 210

愛情花 211

暗戀 212

愛的故事 213

鵲橋 214

播種 215

品 216

演繹 217

證書 218

花開的聲音 219

幸福很簡單............................220

愛的請帖 221

愛的魔障 222

愛的十字傷............................223

幸福的折磨............................224

莫凡

象島之晨 226

求佛 227

網路 228

哭牆 229

皺紋 230

筆 231

別 232

井 233

禪 234

癡 235

漁夫的故事............................236

獨離 237

傘 238

童謠 239

野趣 240

巷的相思 241

稻草人 242

秋醉 243

風箏 244

木魚 245

蒲公英 246

目次

蛋蛋

悟 248

詩亮了 249

流星 250

保質期 251

咖啡 252

暗香 253

夜 254

醒著的夢 255

皺紋 256

心的地圖 257

暗夜的唇 258

瀑布 259

距離 260

烏鴉說 261

期待黎明 262

再次與你邂逅 263

痛，悟 264

月蝕，我說 265

郵筒 266

蓮說 267

瑜伽 268

【編後記】十年，只是一個開始
　　　　──泰華《小詩磨坊》十年詩選編後記／林煥彰 269

嶺南人

創作感言

　　詩是我的神，以敬神的真誠，肅然我走向詩，親近詩。

　　從黃河到湄南河，從十八到八十，詩在我心。當我歡樂，當我憂傷，當我寂寞，我常常向繆斯傾訴，與禱告。詩記下我的心聲。

　　詩，讓我在走過的路上，留下深深淺淺的腳印；詩，讓我走過風雨，穿越時空。

簡介

　　本名符績忠，1932年10月生於海南文昌。畢業於山西大學中文系。業餘寫詩寫散文，發表於海內外報刊。短詩〈歷史老人扔下的擔子〉，入選《新詩三百首》。出版詩集三冊：《結》、《嶺南人短詩集》、《我是一片雲》，散文集《看山》和符徵合著。現任泰華作協顧問，留中總會寫作學會祕書長。歷任泰華寫作人協會副會長，泰國華文作家協會、泰國文藝作家協會、泰華新詩學會副會長，泰國文學藝術會會長，世界華文詩人筆會副祕書長。

醉詩

十八歲那年
李白　東坡　徐志摩
聞一多　艾青把我灌醉

一醉六十年
——老了，別再貪杯！
妻子說

〈詩外〉酒醉人，詩也醉人。流落天涯之後，與繆斯苦苦相戀，形影相
　　　　隨，廝守一生。（嶺南人）

紙船

小孫子把我的詩稿
折成小船，放下水盆裡漂流

妻閃電出手，把船從水裡撈起
說，那是爺爺的詩
我說，就讓詩坐船也去漂流……

〈詩外〉有得有失，有失有得，有心就能獲得彌補。（林煥彰）

盪鞦韆

　　與風擦身而過

　　愈盪　愈高

　　高興天地平行

　　天地隨你而擺動

　　下了鞦韆

　　天搖地動

〈詩外〉人事的上上下下，不也像盪鞦韆一樣？（林煥彰）

知音

今年，要有大水了。母親看見
蜂巢高興吊在樹梢

今年，要颳颱風了。母親指著
蜂巢巢藹掛在樹頭

蜜蜂，是天象的先覺先知
母親，是蜜蜂的知音

〈詩外〉有愛心，就有智慧。（林煥彰）

風鈴

寄居屋簷下
只有日月時時來訪

風，有時匆匆路過
呼呼打個招呼
又吹著口哨走了

〈詩外〉還是風比較瀟洒，我們都該向他學習。（林煥彰）

樹說

河拉著岸走
岸拉著樹走

樹說
你走　我不走
我的根　不讓我走

〈詩外〉樹說，說出人的心願。（嶺南人）

孤獨的筷子

一家，三代同桌晚餐
餐桌上，八對刀叉一雙筷子

桌上，擺滿燒雞、沙爹、海鮮酸辣湯
清蒸石斑魚，青菜豆腐

不會用筷子的子女，
夾不起漢菜的芬芳。

〈詩外〉母親走後，餐桌上只剩下一雙筷子，孤獨而寂寞。（嶺南人）

人

僅僅兩劃
筆劃很少

從啟蒙開始
寫了一輩子
還是歪歪扭扭

〈詩外〉寫字難，做人更難。（嶺南人）

嶺南人

日曆

一天比一天
瘦

歲月沉重如石
把我壓扁

過得了聖誕
過不了元旦

〈詩外〉歲月匆匆，人生苦短。（嶺南人）

畫像

畫你的正面
像你又不像你

畫你的背影
不像你又像你

畫你的側面
左看右看，愈看愈像你

〈詩外〉側寫比正面描繪更逼真。畫畫如此，寫詩如此。觀人也如此。
（嶺南人）

龜說

下水能游
上岸能走

海深　天高　地大
總不會迷失
太陽月亮會告訴我
準確的方向

〈詩外〉龜，通曉天文地理，悠然行走天地間。（嶺南人）

華僑

因風
出岫的雲

回頭，找不到
回家的路

〈詩外〉有人說，華僑是野生植物；我說，是出岫的雲。（嶺南人）

八十讀王維

燈下，親近王維
潺潺一道清泉
石上流

雪白流來
清澈流來

明月照青松

〈詩外〉我起居間牆上，掛一幅羅家倫寫給家叔照光公的墨寶；王摩詰
秋冥詩。天天面對「明月松間照／清泉石上流」，心境漸趨寧
靜而清澈。（嶺南人）

黑咖啡的下午——獻給父親

周六下午三點，下了班
從中環匆匆趕到文咸西街看您

與您到一家老店飲下午茶
您什麼都沒說，只要一杯黑咖啡
問您：苦不苦！
不苦！低沉而蒼涼

〈詩外〉父親歷經劫難，一生，有如喝黑咖啡，又苦又澀，但從來沒說
　　　過一聲苦。從他的一生，我看見中國人在風雪中走過的身影。
　　　（嶺南人）

碗說

青菜豆腐吃過
燒雞　木瓜沙拉吃過
土豆　紅燒牛肉吃過
魚翅　鮑魚也吃過

葷葷　素素
就這麼一生

〈詩外〉出世入世在心，不在口。（嶺南人）

兩片流淚的雲——寄林太深

兩片流淚的雲
因風　出岫
飛過山飛過河飛過海

天涯　相遇
含淚，敘說路上的風雨

〈詩外〉與太深文友，同是天涯一沙鷗，惺惺相惜，有說不盡的往事，
　　與滄海桑田。（嶺南人）

讀母親

母親，一部無字的書

劫後渡海南來，與我相守
天天讀她，一知半解

她走後，一讀再讀
不著一字的空白處
讀到她斑斑淚痕

〈詩外〉百年來，中國天翻地覆，苦了百姓，尤其華僑與僑眷，歷盡劫難。有誰，書寫他們，那斑斑的淚痕。（嶺南人）

問孔子

從泰山下來，直奔
孔府，在暮色蒼茫的孔林
與孔子　相遇

──曼谷，設立好幾家你的書院
為何，不來講學？

夫子，笑而不答

〈詩外〉寫詩可以和尚打傘。做人不可，治國更不可。（嶺南人）

嶺南人

曇花

選在夜裡開放
讓星星看見我一片冰心
月亮聞到我縷縷幽香

太陽與我
無緣

〈詩外〉人與人，人與物，都講一個「緣」字。曾經有緣與曇花見過一
面，那色那香，終生難忘。（嶺南人）

種夢

以筆當鋤，耕半畝坡地
種下我的夢

不必問：何年何月何日
才長成一片翠綠
也不必問：會不會開花
開什麼顏色的花

〈詩外〉瓜可種，豆可種，夢也可。種夢，自有種夢之樂。（嶺南人）

番薯

或黃，或紅，或紫
土地什麼顏色
我便什麼顏色

出土，一身泥本色
默默獻身，渡飢餓飢民
度過飢餓的歲月

〈詩外〉番薯是農民的命根。溫飽了，才談小康。（嶺南人）

曾心

創作感言

　　寫詩，我喜歡把死物注入生命，把無情「物」轉化為有情「物」，甚至把自己鑽到「物」中去，變成「物」的主人。如寫石，我就是石，石就是我，我有什麼意識和什麼情感，石也有什麼意識和情感。因此，我筆下的石，有思想和情緒，有喜怒哀樂，能唱歌跳舞。

簡介

　　曾心，生於泰國曼谷，泰籍，祖籍廣東普寧，畢業於廈門大學漢語言文學系，後深造於廣州中醫學院，並在該院從事教學多年。出版《杏林拾翠》，與葉崗合著《名醫治學錄》等。1982年返回出生地，從醫從商。出版著作：小說散文集《大 自然的兒子》、散文集《心追那鐘聲》，微型小說集《藍眼睛》、《消失的曲聲》，論文集《給泰華文學把脈》，詩集《曾心自選集——小詩三百首》等十六部。曾獲第8屆亞細安華文文學獎，微型小說〈三杯酒〉獲全球華人迎奧運徵文一等獎，《曾心自選集——小詩300首》獲「首屆國際潮人文學獎」（2000-2012）詩歌獎，閃小說〈賣牛〉獲2013泰華閃小說有獎徵文比賽冠軍等，作品多篇選入教材和中國各省市中考、高考語文試題。現任泰華作家協會副會長，世界華文作家交流協會副祕書長，泰國留學中國大學校友總會辦公室主任，廈門大學東南亞華文文學研究中心兼職研究員，廈門大學泰國校友會祕書長等職。

陀螺

善於跳獨腳舞
敢與黑旋風比速度

不管風雨怎樣評說
只正視自己的立足點

──點正
　旋轉

〈詩外〉思考問題要像陀螺。（曾心）

筷子

在宴席上
挾山珍海味

在笑聲裡
從傷口處
挾出一塊冷凍的血

〈詩外〉詩人的筷子，能挾靈魂深處的「山珍海味」。（曾心）

佛

在半閉半開的佛眼前
我一無所求

從心靈的書架上
掏出珍藏的佛經
——念誦再念誦

我也是一尊佛

〈詩外〉一念清淨，即成佛。（曾心）

瀑布

×個水孩子
從奇特絕壁奔出

一級又一級
歡樂地跳躍

浪花飛濺四季

〈詩外〉詩人的情感如飛泉瀑布。（曾心）

一尾魚的發現

當走投無路時
便向水面一躍
竟發現
一個比海更寬闊的天

那晚牠做了個奇怪的夢：
自己的鰓換成了肺

〈詩外〉寫詩到絕路時，要尋找「柳暗花明又一村」。（曾心）

龜的決心

天有多高
地有多厚

龜戴著帽子
拄著拐杖
拿起測量儀器
決心做一次驚天動地的勘察

〈詩外〉烏龜的傻勁，不僅可愛，而且往往能幹出大事業。（曾心）

曾心

挑擔子

　　從湄南河舀來
　　是豆芽字——泰文

　　從黃河舀來
　　是方塊字——中文

　　在兩河間頻繁往返
　　越走越瀟洒

　　〈詩外〉要善於挑擔。（曾心）

中秋戲

地球的舞台，今夜
演一出《千里共嬋娟》

主角：圓月亮
　　　圓月餅
粉絲：五大洲華人

〈詩外〉有華人的地方，就有中秋節，就有月餅。（曾心）

元宵

今夜月亮不在天上
和我坐在花燈下吃湯圓

我說
潤滑的元宵像你的臉
她說
餡內的芝麻是我的小詩

〈詩外〉處事宜圓，寫詩欲方。芝麻有稜有角，方也。（曾心）

龜的行程

雷雨過後
又敢伸出頭

周圍一切都已老去
自己走了十萬八千里

整整盔甲
再作一次馬拉松賽跑

〈詩外〉有追求，心不老，人不老。（曾心）

撐杆跳高

一個「，」
彈上雲霄

一個「！」
從蒼天降落

橫空的「一」
頓時開了口

〈詩外〉符號比文字更直觀，更形象。（曾心）

檳榔

天給一把傘
地給一條命

胖了懂得瘦身

三十六塊疊成的脊梁骨
從小到老就是那麼筆直

〈詩外〉脊梁骨，既是體態，也是心態。（曾心）

詩的風向球

湄南河畔高高升起
10＋1風球
六行充沛的氣體

測測詩界的氣候
無風無雨
半圓彩霞飛起

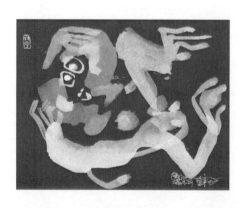

〈詩外〉《曾心自選集——小詩300首》獲「首屆國際潮人文學獎」
（2000-2012），說明六行內小詩「創格」的嘗試，獲得詩學
界、評論界的認可。甚喜！（曾心）

膜拜詩神

以虔誠詩心膜拜
詩神就來

住在我心中的繆斯
我呈獻的詩文
都在方格中顯靈
六行「真言」

〈詩外〉《神曲》：「啊！詩神繆斯啊！或者崇高的才華啊，現在請來
　　　幫忙我。」（但丁）

家鄉的路

　　掛在村屋的月亮
　　靜靜地盼著我回家
　　從胖等到瘦

　　我的基因與它有約
　　從青髮走到兩鬢霜白

　　家鄉的路在脈管中

〈詩外〉心中思念的東西與現實有距離，一輩子也只停留在追趕。（曾心）

唐人街

只有一條街
衣食住行
濃縮了龍族的精髓

琳琅滿目的中國城
世代不失一個密碼
——漢字

〈詩外〉要知華僑、華人家譜，請到曼谷耀華力路走走。（曾心）

曾心

羽毛筆

一群天鵝飛過
飄落一根羽毛

那是莎士比亞的筆

在方格上書寫
鏘鏘作響
飄溢著十六世紀的墨香

〈詩外〉2012年10月旅美著名學者、文藝理論家、作家劉再復應邀來泰
演講，贈送我一根羽毛製作的筆，酷像十六世紀莎士比亞書寫
的筆。（曾心）

螢火的事

牠不知從何處飛來
風說：你該去山村
發揮一點自己能做的事

聽後，一閃一閃地遠去
慢慢地在黑夜裡
點亮一盞盞的燈

〈詩外〉「三分為自己，七分為別人。」這話很合我的心意。（曾心）

看地圖

圓球被壓扁
形成一張薄紙

海洋、陸地、國家
割成大大小小的板塊

總喜歡用放大鏡
尋找我的家鄉和自己

〈詩外〉看地圖，才知道自己的國家、家鄉和自己的位置。（曾心）

海帶

在深海裡
修煉成一葉飄帶

暗礁擋不住
自由漂泊

再修煉千年
一壁不朽不爛的滕圖

〈詩外〉柔必克剛，修煉一身軟功。（曾心）

舶來的貓

一隻舶來的波斯貓
炫耀自己舞姿的婀娜
捉老鼠搏鬥的特技……

我問：「會寫詩嗎？」

「喵！喵！喵！」
夾著尾巴溜走了

〈詩外〉每個人都有自己的長處，只是有時被埋沒了，尚未被發現。
（曾心）

林煥彰

創作感言

寫詩，折磨自己
但要能給別人愉悦和智慧。

詩寫痛苦，無妨；
但要能讓人回甘。

簡介

林煥彰，台灣人。退休媒體工作者，一個永不退休的詩人。帶領行動讀詩會、蘭陽小詩磨坊讀詩會；在台灣、泰國及東南亞等國家地區提倡六行小詩。2008年擔任香港大學駐校作家、溫世仁文教基金會「書香滿校園·閱讀寫作」巡迴講師，並周遊列國，常年在海內外講學。曾在台北國家圖書館、香港大學圖書館、台北時空藝術會場、台灣大學、明道大學及台北仁愛國小、私立新民小學等舉行詩畫手稿展；出版現代詩集《牧雲初集》、《翅膀的煩惱》，童詩集《妹妹的紅雨鞋》、《小貓走路沒有聲音》、《花和蝴蝶》，詩畫集《貓樣》、《吉羊·真心·祝福》、《千猴·沒大·沒小》等百多種著作，以及譯成英泰韓《林煥彰詩選》、《孤獨的時刻》、《林煥彰短詩選》等外文。童詩、小品文三十餘首（篇）編入中國、台灣、香港、澳門、新加坡等中小學語文課本及高中大學多種學測和考題。曾獲中山文藝獎、中華兒童叢書金書獎、澳洲建國二百年紀念現代詩獎章及洪建全、陳伯吹、冰心、宋慶齡等兒童文學獎等二十餘種獎項。

有借有還

眼睛，借給我；
耳朵，借給我：
嘴巴，借給我；
心，也借給我……

我，死後都會還。

〈詩外〉我沒有眼睛，沒有耳朵，沒有嘴巴，也沒有心；是嗎？（林煥彰）

收集

睡蓮，收集月光。
湖，收集倒影。
夜，收集寂寞。

我，收集孤獨。

〈詩外〉睡蓮、湖、夜、我，各有所好，詩得給人想像的空間。（林煥彰）

林煥彰

空

鳥，飛過——
天空

還在。

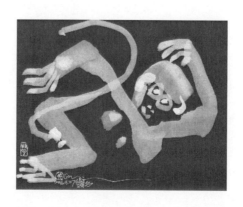

〈詩外〉七個字分成三行，三行又分成兩段；它們的位置是要講究的。
（林煥彰）

蛙聲

一池蛙聲，
驚醒一個月亮；

剛出水的，一朵睡蓮
在其中
發抖

〈詩外〉寧靜的時刻，會有不尋常的發現。（林煥彰）

雨天

一口老甕
裝著全家人的
心，放在屋漏的地方
接水
彈唱一家人的

辛酸⋯⋯

〈詩外〉把一家人的辛酸，用彈唱方式表現，是不只辛酸而已。（林煥彰）

在，無所不在

在天地間
我是風我是雲

我的存在，不必在我
在天在地，在風在雲

〈詩外〉向風和雨學習，向天和地學習；人應該謙卑。（林煥彰）

寂靜的山路上

樹，呼吸的聲音
山，呼吸的聲音
大地，呼吸的聲音
雲，呼吸的聲音
霧，呼吸的聲音

我聽到的聲音。

〈詩外〉在寂靜中聽到聲音，是我自己的聲音。（林煥彰）

椅子看風景

椅子，請坐。
椅子，獨自坐著。

椅子，請坐。
椅子，自己坐著。

看風景。

〈詩外〉在山路上健走，路邊公設石凳沒人坐，我想像它在看風景。
　　（林煥彰）

林
煥
彰

襪子

套在腳板上
我保護你，鞋子說
他會保護我

每天，我們都很親密
你磨我
我磨你

（2011.02.09／04:57研究苑）

〈詩外〉腳、襪子和鞋子，有三角關係；這種關係，我認為是良好的關
係。我希望人與人之間，你我他，也應該維繫著良好的關係。
（林煥彰）

鞋子

磨破皮也要走出去，
我的哲學是，走路

沒別的意思，我的思想是
單純的

服務人群，天經地義
磨破皮也要走出去

（2011.02.09／05:05研究苑）

〈詩外〉每個人都應該要有服務人群的精神，盡本份，做自己能做的事，
讓世界更和諧。（林煥彰）

褲子

不知道，這輩子
我們可以這麼親密！

冬天，你就抱緊一點

你和我，形影不離
作為褲子，我會負責到底

作為肉體，你也別客氣。

（2011.02.09／05:34研究苑）

〈詩外〉肉體是脆弱的；人雖屬動物，卻已失去了其他動物求生的韌性。
　　　　褲子不只穿著好看，保護的功用還是很重要。（林煥彰）

靜觀・海──1.

海浪糾纏海浪
海浪翻滾海浪
海浪拋棄海浪

海浪擁抱海浪
海浪親吻海浪
海浪撫慰海浪

（2012.08.04／09:05研究苑）

〈詩外〉你能分清前浪與後浪的關係嗎？我佇立在海邊，我忘我的望著
每一陣波浪，我分不清前浪與後浪。（林煥彰）

林
煥
彰

靜觀・海──2.

海浪都想爬上岸，一波波
海浪都想衝上陸地，一陣陣
海浪都想躍上山頂，一匹匹
海浪都想飛上天空，一群群

千萬匹白色駿馬在天上，化成
白雲悠悠，夜裡一一回到海上

（2012.08.04／09:38研究苑）

〈詩外〉萬物靜觀皆自得。年輕時讀過的這句話，依舊用得上；觀自
　　　　然，也觀自在。（林煥彰）

靜觀‧海——3.

我佇立海中孤島，能成為一塊岩石嗎
我低頭凝視海中，能成為一滴水嗎
我抬頭仰望星空，能成為一顆星嗎

我閉目冥思——
在最深的心裡和最深的夜裡，
我能成為時間的最初還是最終？

〈詩外〉寫詩大都時候不是能夠強求得來的，我盡量順其自然；不過我
也很重視思考，認真觀察和思考。（林煥彰）

年，才開始

雪溶化

雪在遠方，雪在雪的家鄉
我在我年老的他鄉！

流浪的起點，在回憶的終站
我站立我故居的家門前；

雪在溶化，溶化我
回不去的童年的淚……

（2014.01.04／18:36在回家的社區巴士上）

〈詩外〉為畫家陳顯棟油畫《瑞雪》而作。（林煥彰）

6

雨，路過

整夜。雨路過我住的山區……

不只山區；我遙望不見的山下，
我曾經住過的平原、農村，
我曾經去過的遠方的城市，
我現在想到的海洋、天地、宇宙……

雨路過，路過我的心，穿透時間的空間

（2014.05.09／05:47研究苑）

〈詩外〉我選擇住在山區，在寧靜的夜裡便於胡思亂想；雨天一樣，雖
有滴滴答答的聲響，我一樣可以有不同的詩，讓我的詩路有機
會找到出口。（林煥彰）

林煥彰

風，高過

風，高過。高過晨起的陽光，
高過即將抵達的海洋，
高過心中潔白的
玉山。高過，高過久已失落的童年他鄉

風，高過。高過不再想望的愛戀，高過
高過，我已完全不絕望的重複，日和夜

（2014.05.19／10:30捷運後山埤站）

〈詩外〉不只有風有雨，我不能只要晴天；逆來順受，是常有的事。苦
　　　吃多了，就不苦。甜吃多了，反而膩。詩寫苦的無妨，但要讓
　　　人讀來回甘。（林煥彰）

雲，想過

雲，想過隨風飄泊——
在不是天空的家，在一條河中

想過，不想還在想的昨日，昨日今日明日
生生世世，他想過無解的人生，

雲，想過河中的一條魚
無數不再見證的魚和雨，都想過……

（2014.05.22／09:34在捷運上）

〈詩外〉風雨陰晴圓缺，一生都是這樣自然的循環。你能怎樣又能怎
樣，不都一樣？確實也有很多不一樣，那也就是生。詩寫什
麼？就自自然然的寫這些，不一樣吧！（林煥彰）

林煥彰

要，不要

不要讀我的詩
請讀我的心；

詩，用文字寫
心，血肉生

我的詩，已經死了
我的心，還在跳動……

（2014.04.28／22:05）

〈詩外〉詩中要有心。我自己對自己這麼說，我也就這麼寫了。我把自己寫出來的東西拿出來發表，為的是可以和讀者坦誠交心。（林煥彰）

笑與哭

該笑的時候，我會笑
該哭的時候，我不一定會哭；

哭與笑，也是另一種
笑與哭。

（2016.02.23／11:55去羅東首都客運上）

〈詩外〉人生有諸多無奈，哭笑有平衡作用。（林煥彰）

林煥彰

睡與醒

睡的時候，我活著
醒的時候，我也活著；

不睡不醒時，也是
另一種活。

（2016.02.23／13:06羅東芊田餐廳）

〈詩外〉我在玩文字，同時也玩心情，希望詩得有更多的的可能。（林煥彰）

博夫

創作感言

　　我的詩很土，以朴素的真誠面對現實世界，用平靜的語言表達內心的感受，努力觸及心靈的深處。每首詩都有濃濃的鄉土氣息，靈動的鄉野意象，從土地和鄉情中開闊胸襟，撩動我的心緒起伏。我的詩是草根詩、民間詩、現代詩。寫鄉思、鄉情、鄉愁，寫「有根」的詩。所以，離不開我出生的那片土地，村莊、河流、莊稼、野草、牛羊、蛙鳴、親人……都成詩。

簡介

　　原名樊祥和，字：正榮，號：博夫，祖籍中國江蘇省張家港市。遊歷30多個國家，現定居泰國MAE SAI。作品有：長篇小說《圓夢》、《愛情原生戀》，小說集《愛　不是佔有》，詩集《路過》，散文集《父親的老情書》，遊記《芭堤雅的夜生活》、《中華六十景詩書畫印集》、《世界印壇大觀》、《中國龍典》咏龍篇等十多部著作。1999年導演的電視劇《日出日落》分別在中央電視台1頻道和8頻道播出。在許多國家舉辦過藝術作品展，藝術代表作品有象牙微雕萬壽碑、微雕世界名人、毛髮雕刻、金石篆刻等，鋼筆畫、油畫都有研究。

年的味道

一年的辛勤汗水
煮熟了一鍋年夜飯

辛苦打拼五味齊全
就為一家人的團圓

春聯門神燈籠鞭炮和紅包
都在熱騰騰的年味中升高

〈詩外〉過年了，事業平平，流年匆匆，收入不增，開支不減，快趕上
王小二了。

花與根

花
生命之末
時刻在笑

根
生命之本
從不炫耀

〈詩外〉快樂並非取決於你是什麼人，或你擁有什麼，它完全來自於你
的思想。（博夫）

桃子

表面
打扮得
皮紅肉嫩

心
卻蒼老得
起了皺紋

〈詩外〉謊言像一朵盛開的鮮花，外表美麗，生命短暫。（博夫）

二胡

家中的二胡
老得成了歷史
只留幾根沒嘮叨斷的花白鬍子
兩條堅忍不屈的神經
被琢磨得
更能吟哦蒼生

〈詩外〉已經很久很久沒有這麼閒情逸致去拉二胡了。（博夫）

炎黃子孫──僑居生涯的感慨（組詩）之五

我不會忘記
如同我永遠不會忘記
我的姓氏

不要碰我的衣角
那裡寫著我祖先的名字

〈詩外〉我祖先的名字叫：中國人。（博夫）

我在小酌——僑居生涯的感慨（組詩）之八

我和幾位友人在小酌
你在收拾準備出門的行李

一包放了些記憶
一袋裝了些憧憬

結果　洋娃娃帶走了
卻把我丟了

〈詩外〉茶也醉人何必酒，自己選擇自己的路。（博夫）

博夫

丁香花

夏天的夜晚
你敞開胸懷
釋放誘人的清香

昆蟲嫉妒
徹夜議論紛紛

〈詩外〉是花都美，但更美的是它包含的香味。（博夫）

看天

沉淀了澎湃的心情
我站在大街上看天

路人問我為什麼

我想
天是否在看我

〈詩外〉改變想法，就會改變世界。（博夫）

雨情

故鄉的春雨
帶著雲的思念
被燕子銜到湄公河畔

滑落多少問號
絲絲親吻我的臉
傾訴曾經的纏綿

〈詩外〉不是每一段故事都有美麗的回憶，故鄉的春雨卻是那麼的刻骨
銘心。（博夫）

流逝的旋律

捧杯嫋嫋清茶
看影子在詩裡堆疊

累了古道　瘦了西風

在歲月的長河裡
為你默默唱一曲

流動的婉約

〈詩外〉愛情是本書，第一章寫的是詩篇，其餘部分是流水帳。

彩色的漣漪

把夢點燃
細心讀你

把黑讀白
把白讀出色彩

靜靜地、平平淡淡地
讀你一生的漣漪

〈詩外〉能被另一半讀完一生漣漪的人，是幸福的。（博夫）

元宵祭祖

沉睡在我體內的世祖
被我一一叫醒
請老祖宗共享天倫

合家三叩首的祭拜
拜成完美的薪火相傳
今晚的滿月和我心靈一樣寧靜而完整

〈詩外〉按照雲南習俗，每年元宵節都要祭拜祖先，這是心靈上的一次
　　　　圓滿。（博夫）

子鼠

　　子時最活躍的精靈
　　成群結隊趕赴蓄謀已久的作案現場
　　一切鼠類的行為
　　近乎葡萄美酒夜光杯

　　小心腳下的明槍暗箭
　　何時掉進佛祖的香油裡脫胎換骨

　〈詩外〉子時23點至1點；命理學上說（僅作參考）：鼠遇龍、猴、牛
　　大吉，不能與羊、馬、兔、雞相配，其他屬相次吉。（博夫）

午馬

午時你正在行空
突顯陽剛之氣

忠誠烙印在口碑裡
汗血的容顏宿戰沙場

閑時充當白馬王子的坐騎
聞遍妙齡少女的芬芳

〈詩外〉午時11點至13點；命理學上說（僅作參考）：馬遇蛇、羊、狗
　　大吉，不能與鼠、牛、兔、馬相配，其他屬相次吉。（博夫）

孵化

兔年那些七情六慾的往事
如同一堆換季的衣服
收納在龍年的一角

容顏在陳舊
激情在堆積

讓它們冬眠後重新孵出春天

〈詩外〉又過年啦，一年裡的喜怒哀樂也更新了。（博夫）

當鋪

多麼想重回羅斛國時代
當掉浸泡在洪水中的良田
當掉關不住疾風的那扇柴門

當回一鉢米粥和舟渡
當回真真切切掛在臉上的微笑
當回傍晚的犬吠　黎明的雞鳴

〈詩外〉2011年曼谷發洪水，是天災？還是人禍？（博夫）

車舟

洪水漫過年久失修的堤壩
街道成了真正的河流

逃生的魚　越過門坎
汽車成了舸舟

人們揣著列祖列宗保佑的心
牽著希望的纜繩　過出蒼茫水色

〈詩外〉曼谷年年有水災，輕重不一，災情一次次地考驗水利專家。
　　　（博夫）

我的腳

我的腳是中國的腳
從家鄉的泥土裡拔出來後
一直在許多國度的皮鞋裡不見天日

每年回國都要到故鄉小河裡洗一洗

只想讓小河的記憶裡
永遠有這雙男人的臭腳

〈詩外〉人老了，但腦海裡永遠遺忘不了童年的記憶和鄉情。（博夫）

想醉

每天都會喝上三杯

一杯記憶
一杯鄉愁
一杯童話

喝醉了就沒有苦楚與煩惱
但三杯下肚還不讓我醉

〈詩外〉貪杯者，喜悅、煩惱、辛勞、緣聚、百感交集，都是喝酒的理
　　　由。（博夫）

睡蓮

荷花缸裡小魚兒
在不經意間老成傳說

采蓮小曲
漸漸哼成古董

不知何年
你再一次成為我的那支睡蓮

〈詩外〉庭院裡兩缸荷花，兩缸睡蓮，其中一缸睡蓮枯萎了，有待補
　　栽。（博夫）

家酒

　　樊家的高粱酒
　　深埋了歲月的壓抑
　　郁藏了生命的火花

　　有朝一日漲破酒俑
　　將漠然灌醉
　　把冷酷燒透

〈詩外〉為了家族健康，用祖傳配方釀造樊家酒，喝個放心。（博夫）

今石

創作感言

我的詞語
在我心窩,透過眼睛

每時每刻和心中的庭院——我的棲息地
和江河大地
和光、宇宙
脈搏相連,跳動一起

簡介

原名辛華,祖籍中國山東。移居泰國後,在海內外報刊雜誌發表大量詩、散文、小說。與文友合著散文集《湄南散文八家》、詩集《小詩磨坊》(泰華卷2007～2016)十集。現為泰國華文作家協會理事,泰國留中總會文藝寫作學會理事、小詩磨坊成員。

柿子熟了

光禿禿的樹上
掛滿燈籠
照亮了秋天的原野
在往後生命有限的歲月
讓我也成為一盞吧
就掛在路邊

〈詩外〉詩是我生命之燈。是我心靈火花一閃的剎那,抓來點燃的。
（今石）

雨夜

　　人生掀起了颱風　　這夜
　　雨是帶著情緒來的
　　心中頓成一派茫茫澤國

　　洪水泛著酸甜苦辣一齊湧上。
　　遠處是誰推過來一條小船？
　　呵！船頭站立著一盞璀璨的明燈

〈詩外〉想起那條船，想起那盞燈。詩要形象思維，心境刻畫尤須。
　　（今石）

泉

我努力挖掘內心深處的水井
要和萬千甘泉匯集一起
流向荒漠，流向火焰山

一天清早　那萬紫千紅的夢
終於讓鴿哨牽著
捎給了太陽

〈詩外〉在乾涸的心靈，我當努力用筆去掘出甘泉。（今石）

草

牆外的
聽見牆內的
噴水聲
舔舔乾裂的嘴唇

〈詩外〉一牆之隔，相距十萬八千。（今石）

今石

十年，才開始

牛

我和你每天
一樣耕作

只是
別人鞭你
我鞭自己

〈詩外〉一步一鞭一台階。（今石）

120

大象

落下的腳
懸在半空

凝固了

一隻黃絲蟻
淚流滿臉

〈詩外〉大象有顆仁心，螞蟻也有顆感恩的心。（今石）

看見

看山
見一塊石

看石
見一座山

石上有隻螞蟻
山上也有隻螞蟻

〈詩外〉用心觀察有所得。（今石）

鱷魚

禪修課天天開在岸上
下課了，面前是
一盆青青的蘆筍

圍牆終於向後無窮地延伸
它走進豬的行列
一個新的定律誕生了

〈詩外〉鱷魚爬上岸會靜靜的趴著，像座塑像，我戲稱為禪修。如果真
　　　能修得正果救地球，多好！（今石）

今石

海

怒眼
柔眼

對天對地
抒情

〈詩外〉敢愛敢恨敢怒敢言。活得自在。（今石）

眞理

被趕至地下
竟發出芽

長成的樹
太陽來住

結出的果實
光芒閃爍

〈詩外〉堅持真理是無所畏懼的，真理在短時間看不見，讓歷史去證
　　　明。（今石）

返老還童

老了，把童年背回心裡

折枝竹
讓他騎著上疆場
削個陀螺
讓日月也跟著旋轉

童年，再也走不出心裡

〈詩外〉臨老越愛詩，是否童心再現？（今石）

一隻蟋蟀

趁夜色
爬出梯田

帶回
半塊漢堡
一杯咖啡

〈詩外〉我讀中國詩，也讀外國詩。（今石）

今石

花

把心放進去
請您撫摸

交談開始
心心貼得緊緊

世上就剩我和您
聽！有泉撥琴而至

〈詩外〉月色照著我和茉莉花，在芬芳聖潔的氛圍裡，一天的疲累委屈
頓消。（今石）

菊花

互訴心事
東籬下

我說歸去
又歸來

你大笑
秋陽中

〈詩外〉曾在鬧市陽台種菊，凝神於花時，眼前驟開一路，路盡處有桃
　　　花流水。（今石）

雨中

手
拉起
手

濕了

〈詩外〉情人節，泰國羅勇海邊即景：雨中一對情侶，手拉手在沙灘奔
跑。（今石）

金達萊花

杜鵑聲聲
啼血

血中夾
核塵埃

〈詩外〉映山紅學名興安杜鵑，又名達子香花、映山紅、金達萊，屬於杜
鵑科。在中國東北地區，每年四月下旬冰雪未盡時開始開花，先
花後葉。西北人稱之山丹丹，朝鮮人叫金達萊。（今石）

榕樹

路遇兩老翁
一高一矮

問路

〈詩外〉野外向老者問路，回來時矮的老者已走，另一位高的老者仍在。
（今石）

西瓜

為翠姑娘
解衣

啊！火焰的胴體
水樣清涼

吻、吸
甜甜蜜蜜，在嘴裡

〈詩外〉觸景綺想或粉紅色的夢，有時也會紓解身心的壓力。（今石）

今石

貓

我的花花失踪了
同時失踪的還有
樑上吊的一條臘肉

當我悄悄打開後院的門
花花正蹲在那裡聽老鼠講課
講臺上禮盒裡躺著一條臘肉

〈詩外〉我的花花被拉下水了。（今石）

狗

我的黃黃不吃不喝三天了
我正要帶牠去醫院，牠，突然出走

我十分傷心地替牠整理居室
一張發黃的照片給抖落出來──

我的父母戴著高帽，牠的祖母掛著鐵牌
走資派和走狗，一個年代的名詞

〈詩外〉記住！這是個黑白顛倒、瘋狂的年代。（今石）

流浪貓

洪水退後，貓在廟門躑躅
身上還蹭著鐵皮屋頂的鏽跡
猛一抬頭便是高大的煙囪口
主人的升天處

牠爬上去仰起頭
鐘聲響了

〈詩外〉泰國佛廟都豎著高高的煙囪，為死者火葬，並收養了很多流浪
　　　狗流浪貓。（今石）

楊玲

創作感言

　　學寫詩至今，屈指算來已有十五個年頭了。學詩十五年，寫詩十五年，彈指一瞬間。寫詩，尤其寫小詩磨坊的六行小詩，更是便捷，字數少，修改快，工作量小，正契合我這個忙碌、浮躁的心理。我的詩只屬於我個人的樣子。它見證了我的成長，一年作一次小小的梳理，從中能覓得我一絲生活或者情感的軌迹。它記錄了我生活的點點滴滴，它是詩，它是我的詩，我的個人表達，它契入我生活的任何角落。

簡介

　　楊玲，祖籍中國廣東潮汕，現任職於泰國華文報。業餘時間愛好文學，寫作散文、小說，和翻譯泰文作品。發表於泰國世界日報、新中原報、亞洲日報、泰華文學和海外等地的報刊。現任泰華作家協會副祕書、泰華文學編委、小詩磨坊成員。

　　2012年出版泰文小說翻譯集《畫家》，2013年四川文藝出版社出版微型小說集《曼谷奇遇》。2005年和父親老羊合著出版《淡如水》文集，2007至2016年和泰華詩壇詩人合作出版《小詩磨坊》。2008、2009年再和父親合著微型小說集《迎春花》和詩集《紅、黃、藍》。

綠柳

柳樹染綠了
河水

烏蓬船載我
在綠浪中
川行

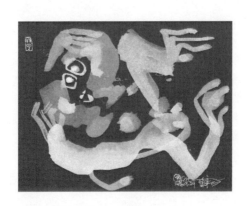

〈詩外〉眼前所見，綠即心境。（楊玲）

問落花

我問落花
是否下來等黛玉

落花說
我為果實讓路

〈詩外〉一個人的快樂，不是因為擁有的多，而是因為計較的少。
　　　　（楊玲）

楊
玲

落葉

秋天的兩片落葉
在地上交談
一片想乘風上天
一片願化作泥土

〈詩外〉記住，最好的人際關係是相互關愛，而不是相互索取。（楊玲）

報案

年華似水
紅顏變白髮

誰偷去青春
我要報案

〈詩外〉被告太多了，不知道該告誰？（楊玲）

風雨

讓風捎去我的問候
請雨帶回你的信息

風去了
雨一直在流淚

〈詩外〉愛一個人，對方也愛你，甜的居多；對方不知道，酸的居多；
　　　　對方不愛你，苦的居多。（楊玲）

夜半醒來

舊夢不回首
新夢未織成

夜半醒來
進退兩難

〈詩外〉一個夢，一首詩。（楊玲）

吻

海浪一遍又一遍
吻著堤岸

有時激情
有時溫柔

〈詩外〉愛情是一首美好的歌，但它不容易譜寫成功。（楊玲）

臥佛

坐有坐相
站有站相
臥倒睡著算什麼相

佛曰
本無相

〈詩外〉看來菩薩也會累。（楊玲）

美斯樂──泰北之行.1

　　高山　不語
　　故事太多

　　大樹　不語
　　太多故事

　　孤軍老兵
　　已經　不語……

〈詩外〉泰北之行，感慨太多，一詩難於敘完。（楊玲）

癡纏——泰北之行.2

霧
環繞群山
終日不散

群山
擁抱霧
終日不動

〈詩外〉霧和山癡癡地相愛，令人羨慕。（楊玲）

寫詩

　　每天
　　我把字削尖
　　把句子搓圓

　　我用字刺青
　　用句子紋身
　　每天每天

〈詩外〉寫詩，苦中作樂，也得給人想像空間。（楊玲）

沉重的思念

把思念打包
準備寄去遠方

這件包裹超重
不能投遞

萬分無奈
只好將記憶體空間升級

〈詩外〉沉重的思念，難於負擔。（楊玲）

孤獨的月亮

晚風中
星星和燈光在眨眼

只有孤獨的月亮
找不到伴侶

請開個郵箱
我夜夜給你寫信

〈詩外〉給孤獨的月亮找個伴吧。（楊玲）

椅子

每天默默
承受壓力

沒有怨言
沒有逃避

椅子坐在我心裡

〈詩外〉讓我修煉成一把椅子吧。（楊玲）

影子

始終一個顏色
始終是低姿態

不言不語
不離不棄

〈詩外〉我的影子永遠忠實地跟著我。（楊玲）

夜

樹木　睡在水邊
星星　睡在水裡

小鳥　睡在樹上
小草　睡在樹下

我聽到它們
此起彼落的打鼾聲

〈詩外〉不眠的夜晚，聆聽大自然的合奏。（楊玲）

泰國龍虎園

龍虎園裡沒有龍
有恐龍的弟弟
——鱷魚

龍虎園裡有很多小老虎
它們都成為豬媽媽的
養子

〈詩外〉遊過龍虎園，鱷魚、老虎和豬媽媽，讓我印象深刻。（楊玲）

磨坊

倒入黃豆
磨出豆漿

倒入麥粒
磨出麵粉

倒入一個癡女
能否磨出一首情詩

〈詩外〉推磨，推磨，每天都在推磨……（楊玲）

外灘的寒夜

寒風　狠狠颳著
把一江春水推向東流
外灘迷人　霓虹閃爍
引來南國的遊客

怪就要怪天公不作美
把外灘關進廣寒宮

〈詩外〉2012年12月7日赴上海參加「第九屆世界微型小說研討會」，
晚上我和若萍、曉雲到上海外灘漫步，但寒冷逼迫我們很快回
酒店。（楊玲）

厚度

在路上走
時時有什麼趕來裝飾你的內涵
改變你的厚度

在色彩和聲音的陰謀裡
最後能留給自己的
只有友誼和愛

〈詩外〉友誼長存，愛情偉大。（楊玲）

楊玲

朱熹書院

　　書院裡古香古色
　　蕭穆寂靜課室中
　　夫子滔滔不絕

　　我坐下乖乖聽講
　　蟋蟀在院外叫我
　　出來　出來

〈詩外〉書院大門前的竹叢太美了，溜出來留影做個紀念。（楊玲）

晶瑩

創作感言

> 詩言志乎？
> 詩抒情乎？
> 驚夢　把玩　嗜小
>
> 雲裡霧裡尋媚影
> 總盼透出一抹光亮

簡介

　　現任泰國華文作家協會理事、《泰華文學》編委，泰國留學中國大學校友總會文藝寫作學會理事，泰華小詩磨坊成員。

　　作品包括新詩、散文、散文詩、律詩、小説、文學評論等文體。

　　作品〈網友〉獲泰華2013閃小説徵文比賽優秀獎，〈慾念〉獲首屆世界華文微型小説雙年獎優秀獎，〈續命春天〉獲泰華2014散文徵文比賽冠軍獎。

知足

昨天的日子
去到了明天的日子裡
那今天一定有約

地獄在天堂隔壁
活著就好

〈詩外〉知足常樂，知道未必做到；真的，活著就好。（晶瑩）

滑冰

冰刀滑過
冷漠與純潔
同時受創

且停下來
聽聽雪的評說吧

時光沒有停在我期待的節點上

〈詩外〉力與美，在哪兒還能契合？（晶瑩）

江岸上

　　本欲隨波逐流
　　卻被浪花拋到了岸上

　　吐出腹中紅豆
　　在江邊種出一片森林
　　自此──
　　我便成了仇恨的始作俑者

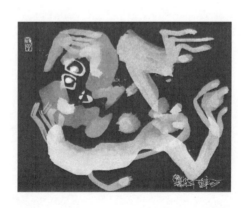

〈詩外〉孿生的愛恨，如天地，如日月，長相守，長相斥。（晶瑩）

緣

人，東漂隨緣
船，槳櫓向南

僅相向一望
便被你
渡到彼岸

感謝你給我又一道風景

〈詩外〉你不驚嘆我們相識的機緣嗎？（晶瑩）

殉道

風的舛錯記憶
了然秋的溫度與氣息
枯葉悲落
冰剔透光潔

生命如塵
飄落就結了？

〈詩外〉去時，世界會記住我什麼？（晶瑩）

時光

季節打指尖上悄悄溜走
尚付闕如的心動已然白頭
夕照單衫抖落下荒原
驀然，一葉驚秋

〈詩外〉剛剛醒來，已然日落；剛剛入睡，已然歲杪……（晶瑩）

杞人憂地

誰家燒飯
在燃殄地球？

天太熱了
兩極都已大汗淋漓

〈詩外〉擄盡地球資源的權貴，正高聲咏誦地球的贊歌！（晶瑩）

悟

睜眼便可攝入
由景入鏡的集約升華
可窮盡一生
卻閱不完
生與死的故事

看來，生死果真強大

〈詩外〉人說，晨覓情愛，暮悟生死。我蒼老了嗎？（晶瑩）

海

莫譽我
有容納百川的胸懷
我正藏著
吞噬地球的祕密

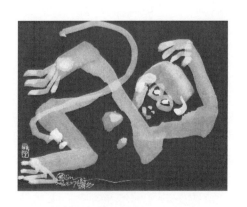

〈詩外〉藍色的情話，終耐不住紅塵侵擾。（晶瑩）

與月回家

去你家吧
趁夜還沒醒來
坐著風箏就到了

對！得先賄賂
報曉的啟明

〈詩外〉曾經很近的路，卻已越來越遠。（晶瑩）

形影對話

　　——你為何如此短？
　　——因你正如日中天

　　——你為何如此長？
　　——因你正日薄西山

　　——你為何要逃離？
　　——因你正步蹈黑暗

〈詩外〉隨心扶大廈之將傾，乃陶然自戀；傾力挽狂瀾於既倒，而茫然
　　　　自憐；夜來時，猝然自斃。（晶瑩）

雪花

天使折斷了翅膀
並撕裂成碎片
散落在無垠大地上

〈詩外〉生活只為愛她的人一展靈動的嬌顏。（晶瑩）

水‧冰

水對冰說
你真堅強
冰哭了
於是也化了

〈詩外〉鄉野出奇仕，山外有高人，可入世便難免俗。（晶瑩）

踏雪訪梅

懷揣紅袖添香夢

奈何月淡風驚

喧囂淹沒了午夜無眠

陡然忘卻前世今生

心扉緊閉

故事落入雪中

〈詩外〉難耐古風誘惑，遺澤卻遙遠如夢，何堪紛擾晝夜蹀躞？（晶瑩）

夢‧影

　　草鞋羈旅天涯
　　葉舟蕩波滄海
　　夢與影
　　總有一個在路上

〈詩外〉夢，彈指間無遠弗屆；影，踟躕在自西而東的眼前。（晶瑩）

百度

苦苦破譯歷史

孜孜解讀未來……

淼淼梵音划過天際——

你不就是昨天的殘留與明天的迷霧嗎？

〈詩外〉追思與瞻望，以及當下的踐行中，如意幾多？（晶瑩）

懺悔

你一臉陽光直奔我撲來
我卻殘忍地扼殺了你的笑靨
連同你羸弱的生命

我飽嘗淒苦煎熬的靈魂
蹣跚在你晨殤的路上

〈詩外〉且將曾以自戕的矛，刺向最後的心跳，再向著東西南北，向著
　　春夏秋冬，謝罪！謝罪！謝罪……（晶瑩）

叩春

三月孕育的精彩
撫慰著四月的哀婉

山河風采瞬間綻放
點亮了靜謐星空

浪花睡了
山花醉了

〈詩外〉致敬我的三月、四月！悲喜盡在春天。（晶瑩）

月對日的訴說

我如一的明澈
追尋著你的踪迹
卻乏力貼近你的心內
無奈將命運交予黎明

我不在你心中
你卻在我命裡

〈詩外〉或許，在你普照的紅塵世界裡，我只是一絲造作的婉勉。（晶瑩）

178

走近

門泊斷橋殘雪
窗褙水光山色
從未如此害怕失去
因你從未如此近過

〈詩外〉當把你裝入心中時，你便是我最怕遺失的癡迷景致。（晶瑩）

江畔夜趣

你清醇微笑散發稚韻
撥明了我昏黃的心燈
我欣然凝眸憑水一燦
觸醒了漫天沉醉星辰

我們復活了荒蕪的夜
我們擦亮了夜的眼睛

〈詩外〉獻給七十八天的你。我們的故事，才剛剛開始。（晶瑩）

苦覺

創作感言

小時，我問父親，風是什麼形狀？父親指著水的波紋說，那就是風的形狀。

我又問父親，那麼，你額頭上的皺紋，也是風的形狀嗎？

父親說，不是！那是歲月的形狀。

我再問，風肯定就是詩的形狀了？

父親說，你長大後自然就知道了。

現在，我寫很多的詩，只想證明風就是詩的形狀。

（癸已夏於泰京聽雨草堂）

簡介

苦覺，名盧山雲，字苦覺；號盧半僧、盧駝、盧聽雨、雨竹莊主、湄畔山民、黎明寺雨僧等。祖籍廣西南寧，大學文化（中國畫系），職業書畫家，寫詩書文，寫書法篆刻，詩歌、散文、散文詩、美術和書法評論等作品，在中國大陸、香港、台灣及美國、澳大利亞、加拿大及東南亞諸國參展、發表，部分美術、書法作品在參賽中獲獎，在參展中被收藏。合著出版《泰華散文八家》、《小詩磨坊》，出版《風車》詩集、《盧山雲國畫選集》、《盧山雲書法選集》、《盧山雲篆刻選集》。散文詩作品入選《2006中國年度散文詩》和《2007中國年度散文詩》。書法作品《K》被泰國開泰銀行（原泰華農民銀行）收藏，並製作為商標。《湄南河詩刊》編輯，泰京山雲書畫院、聽雨草堂主人。

水燈節

年年
我都在河中放水燈

今年
水燈卻在夜夢裡放我
希望
我能游到黎明的岸

〈詩外〉在歲月長河中，我就是一盞水燈，回頭不是岸，前方也不是
岸，目的地是海。（苦覺）

版權問題

今早，我在蕉葉上
拾得六行篆體短詩

欲給
編輯寄去
又恐
蝸牛告我侵權

〈詩外〉詩並不是屬於詩人，詩是屬於自然界的。（苦覺）

十年，才開始

奶牛

　　從來，沒有誰把我當人看
　　從來，沒有誰叫我一聲媽

　　可我，清清楚楚明明白白
　　你們大部分的人
　　都是我的孩子

　　〈詩外〉有天早上，我喝完一杯牛奶時，無意間，竟冒出了這首詩。
　　　　（苦覺）

擺攤

　　心情不好的時候
　　我就到海邊擺攤

　　向風濤聲浪花夕陽紅嘴鳥
　　出售我的心情

　　當然，我會趁月亮來臨前
　　把價格降低，再降低

〈詩外〉在詩的草原上，一群又一群的詩需要放牧。（苦覺）

十年，才開始

涼亭

四面八方都是門
八方四面都是窗

風沒有祕密
只有童年和往事

我沒有牆
我是風的家

〈詩外〉我喝酒時總想到詩，我寫詩時總想到酒。（苦覺）

別

你走的時候，下著雨
我把牆上掛了多年的帽子
給你

在原處的釘子下
我發現，還有頂
取不下來的白帽子

〈詩外〉寫這首詩的時候，那頂白帽子已經跟牆壁融合了，可是，閉上
　　眼，又看到了那頂白帽子。（苦覺）

看海

海邊，有棵椰樹
像人，站著看海

海邊，有一個人
像椰樹，站著看海

那棵樹是我
那個人也是我

〈詩外〉我喜歡海，海的浪花的花期比曇花的短，但卻一朵接著一朵，
　　　　不停地開。（苦覺）

冬景

　　不穿衣褲的山
　　三點全露的樹
　　跟
　　不穿衣褲的風

　　三點全露的雪
　　在舞台上比酷

〈詩外〉朋友，如果你是裁判，你將要給誰加分？加給樹吧！（苦覺）

曇花

好不容易，掙開了眼睛
世界，卻一片黑暗

不如歸去，不如歸去
以，最短的時間
以，最快的速度

〈詩外〉欣賞曇花開放之後，我總在反省自己，是不是它壓根兒，就不
　　想看到我？（苦覺）

出門

今天出門
我忘了洗臉
滿臉淚痕竟沒人發現

人們習慣了
習慣了注意我的衣褲
以及衣褲上的口袋

〈詩外〉下班回來，我才發現自己穿錯了鞋子，左邊白、右邊黑，還好
　　我不是明星，要不然第二天將會流行起來。（苦覺）

桂河橋

橋，躺著走路
樹，站著睡覺

烈士在書本裡站著
手中沒有刀沒有槍

一步步向前走
還有歷史還有時間。

〈詩外〉靜就是動，動就是靜。你看到石頭在跑步了嗎？（苦覺）

賣花的小女孩

走動在十字路口紅燈前車陣中
花塗口紅你沒塗
花穿新衣你穿舊衣

好不容易賣出一串花
燈就不高興了
瞪著綠綠的大眼

〈詩外〉除了十字路口的紅黃綠燈外，賣花的小女孩也是一盞燈；如果
　　杜甫還在的話，她會像隻蝴蝶在鮮花中飛舞。（苦覺）

易經

石頭中
游著兩條魚

夜裡，太陽沒來
月亮不敢睡

翻來翻去
還是潛龍

〈詩外〉我給詩卜了一卦，說：詩永遠都沒有家。（苦覺）

雄雞

你一生都在忙著種竹子嗎
天未亮就把太陽叫醒了

一腳一組竹葉
走到那裡，種到那裡

我把世界打開
舖好宣紙，等你

〈詩外〉小時候，父母親總不讓我吃雞爪，說是寫字會很潦草。但我卻
　　　　常常偷吃，現在，跟我非常喜歡畫竹子，一定有很大很密切的
　　　　關係。（苦覺）

泡茶

葉脈裡
我看見露水在蕩鞦韆

三月四月五月手拉手
邊走邊唱邊歌邊舞邊笑

紫砂壺發火了，生氣了
我的六行小詩還沒有寫完

〈詩外〉為什麼有許多的人，喝茶後都難以入睡？其實，答案很簡單，
你喝下了整季的春天，你的心能不開花嗎？（苦覺）

葡萄

把句號串成風鈴
掛在風中

不為動響
只為靜響

〈詩外〉在我的花鳥畫作品中，葡萄是我常作畫的植物之一。我吃葡萄
時，會想到句號；我寫下句號時，會想到葡萄。那怕真的吃不
到葡萄了，也絕對不說葡萄是酸的。（苦覺）

 十年，才開始

火龍果

那麼紅的旗袍
體內有那麼多的風
那麼多的黑星星

解開你最後的一粒鈕子
我忘了天堂忘了地獄

〈詩外〉旗袍是很美很雅的服裝，但是，如果鱷魚或狼或蛇拿去穿了，
那真的是見了地獄了。（苦覺）

鬧市

街上
隨便走一走
都會踩到聲音的碎片

我選購了一副耳機
送給風鈴

〈詩外〉我很不喜歡戴耳機聽音樂和接電話，但是，我卻隨身帶著耳機，
　　　　不為什麼，只為讓耳朵清靜。假裝聽歌，順便給吵吵鬧鬧的社
　　　　會，留下一點面子。（苦覺）

三月

蝴蝶布置好新房
三月來了

雨夜，我把現實搬進夢裡
看見影子在亮

沒在雪中掙扎過的桃花
細細地描了三月的唇

〈詩外〉我喜歡桃樹開花，但更喜歡它的花朵凋謝，飽滿的桃果，更讓
　　　人幸福。（苦覺）

大寒

　　硬心腸的大寒
　　冰凍了流水的笑聲
　　軟骨頭的雲朵和風
　　也幫著算計陽光

　　雪的羽毛是一種圈套
　　夢沒有了翅膀

〈詩外〉大寒這天，我生了堆火，然後，再進行不絕食靜坐，抗議獨裁
　　專橫的大寒。（苦覺）

苦覺

201

空

藏起內心的那頭鹿
讓愛情不再惹是生非

用一顆露珠
忘掉雨中傘下的十指緊扣

空的裡面
住著我所有的忘記

〈詩外〉於是，我常常有很多不可思議的好事出現。比如，早上出門忘
　　　　了帶錢，晚上還可以平安回家；比如，忘了吃藥，比如忘了約
　　　　會……（苦覺）

曉雲

創作感言

詩人說：讓我低成一隻蝴蝶的影子，棲息在你的句子裡……

路過小詩磨坊，俯首垂聽，悅耳的音符激勵著我。撥通心底一根弦，用心去編織，心靈的淨土綻放著朵朵燦爛的花朵，有感應、共鳴和領悟，是完美、永恒和幸福！

唱著歌在等你，微笑著；而後，會有海闊天空！

簡介

原名溫小雲，1968年出生於廣東揭西五經富，1989年定居泰國。受畢生為文藝工作奮鬥的父親薰陶，自小愛好文學，酷愛寫各種體裁的文藝作品；作品散見於泰華各報文藝副刊、《泰華文學》及海內外刊物。1994年獲「春蘭杯·首屆世界華文微型小說大賽」優秀獎；2003年獲泰華短篇小說徵文比賽冠軍；2007年獲泰華作協主辦的微型小說大賽優秀獎。2000年出版文集《問情為何物》、2015年出版詩集《偷盞時光夢詩》。現為泰華作家協會副祕書，《泰華文藝》編委，泰國留學中國大學校友會文藝寫作學會理事，泰華小詩磨坊成員。

愛情契約

心漸行漸遠
沒了棲息地

碎滿地的誓言
拼湊不回昨天

苦苦守著
過期作廢的愛情契約

〈詩外〉不是不死心，而是死不了心。（曉雲）

月圓

月圓
踏著菊的步子
我撞見
月亮
成了夜的情人

〈詩外〉只要心中有愛，一路都是歌。（曉雲）

曉雲

藥引

情人節
愛情過生日
我的肋骨又隱隱作痛

醫生開了藥方
藥引是——
初戀

〈詩外〉初戀的世界是不被愛情遺忘的角落，那些逝去的日子，也曾照
　　　亮我們的生命。（曉雲）

風鈴

你一來
我就開心的唱歌
悅耳
動聽

這是你我前世今生
生生世世的約定

〈詩外〉有情世界，生生世世的愛情感動你我。（曉雲）

錯位

船行駛在馬路上
高速路成了停車場

小狗小貓游泳上屋頂
看城裡的海景

我哭了
老天爺也陪我哭

〈詩外〉哭過，擦乾眼淚重建家園吧。（曉雲）

魚說

參觀大城古迹
見識工業園的壯觀

我在曼谷街頭閑逛
眼花撩亂

家在湄南河
我在陸上迷路了

〈詩外〉回不到河裡的家,我的眼淚卻流成了河。(曉雲)

前世緣

那艘叫思念的船
載著我
擱淺在滄桑歲月

一隻銜著前世緣的蝶
落在船頭

〈詩外〉思念，如喝了冷冷的水，然後，一滴滴凝成熱淚。（曉雲）

愛情花

你的笑容憂傷我寂寞的夜
始知相憶深

在我陶醉的淚中
愛情一路花開
豐盈　嫵媚

〈詩外〉因你而醉，你是我前世的情今生的緣。（曉雲）

暗戀

住在我心裡
你從不交租

下輩吧
我要做你的一顆牙
我難受
你也疼痛

〈詩外〉無法放逐的情懷，情，總讓人受傷，可是依然念念不忘。（曉雲）

愛的故事

誰成了誰的
地老天荒
誰做了誰的
雲淡風輕

風驅散雪藏的諾言
愛很短遺忘變長

〈詩外〉多少故事，總成遙遠，可你，依然是我的傷。（曉雲）

鵲橋

縱然遠隔千山萬水
鵲橋在心中

思念已生根發芽
開出朵朵地老天荒的花

愛的路上有你有我
歲月都是暖暖的歌

〈詩外〉愛情就像小鳥會飛，當你夢見我的時候，就是我在想你。（曉雲）

播種

在最苦澀的傷口埋下最炙熱的情

春天來了
我再播下種子
秋天的果實都結出美麗的疤

風說
我想陪你哭

〈詩外〉曾經的愛情就像身上的傷口，時時提醒你曾有的遺憾。（曉雲）

品

溫一壺歲月以你的笑入茶
淺淺品
深深戀

靨上
悄然開花

我和我的醉影都在想你

〈詩外〉一粒種子，珍惜了就會在心裡發芽抽葉開花並結果，伴你前行
一生一世。（曉雲）

演繹

結痂的心事挽成死結
連同你的影子
風乾
而後　封印

逃離失火天堂
我改行修籬種菊

〈詩外〉丟掉情感垃圾，灑脫放手，以微笑的心境達觀。（曉雲）

證書

翻江倒海
只為找份證書
證明我曾去過你心

在你夢中
我靠岸
而心卻苦尋不著

〈詩外〉愛是種掛念你而不得不離開的痛楚。（曉雲）

花開的聲音

在艷陽下鋪上花開的聲音
你的名字放在可以仰視的高處
喜悅的噴薄幸福緩緩流轉

歲月漸老
那一抹冷香
掛滿我夢寐的傳奇

〈詩外〉歲月在時光中，留下刻骨的痕迹！（曉雲）

幸福很簡單

聽說幸福很簡單
像被風抱入柔懷
像每滴血每個細胞在燃燒
像靈魂深處的純粹喜悅

春天把自己交給自己
偷聽花兒盛開的竊語

〈詩外〉細水長流，被你寵著愛著！有你的日子，永遠詩情畫意，陽光
　　燦爛！（曉雲）

愛的請帖

相惜在心
牽愛的手一直緊握
融入生命的眷戀

愛情給我發來請帖
我要盛情赴約

〈詩外〉相遇成歌讓愛歸位！（曉雲）

愛的魔障

愛情受了傷
疼痛在吶喊
幸福請了假
漂流去了遠方

這顆心
只是你流浪過的一個地方

〈詩外〉愛的魔障，無人能泅渡！（曉雲）

愛的十字傷

承諾刻成愛的十字傷
心動教人覆水難收
回眸讓人潸然淚下
春天邀約已長滿青苔

一切的一切
都是深度幻覺

〈詩外〉一轉身離去，需用一輩子忘記！（曉雲）

幸福的折磨

路　長長
走了彎彎曲曲經年
終
春暖　花開

心甘情願的折磨
幸福醉人

〈詩外〉以你的笑入茶，深深戀！不喝也甘甜。（曉雲）

莫凡

創作感言

如音樂、雕塑、書畫一樣。詩，作為人類的另一種文化藝術活躍在人們的精神領域之中；它如同一把把燃燒在時空裡的永不熄滅的聖火，照耀著人們冷熱炎涼的情感世界；它恍若一個容得下天地的子宮，孕育著無數的不分種族、穿越時空、跨越疆域的精靈，呼喚著人們在混濁無常的塵世中醒來！

簡介

莫凡，本名陳少東，曾用筆名藍焰，祖籍廣東省潮南區隴田鎮。1992年開始寫作，作品發表於泰國世界日報、新中原報、亞洲日報、京華中原聯合日報、中華日報、泰華文學季刊及海外文藝刊物。1998年獲泰華作家協會與亞洲日報聯合主辦「1996年徵文金牌獎比賽」散文亞軍及短篇小說殿軍獎；1999年獲泰國商聯總會主辦「慶祝中華人民共和國成立五十週年國慶暨泰中建交廿四週年」「國慶杯徵文比賽」詩歌獎；2004年獲泰華作協與新中原報聯合舉辦短篇小說徵文比賽優秀獎；2007年獲泰華作協主辦微型小說比賽優秀獎。2000年出版《心塵集》和《小木船的傳說》文集，作品〈偷窺〉被收入《中外華文散文詩作家大辭典》。現任泰華作家協會理事、《泰華文學》編委及小詩磨坊成員。

象島之晨

羅帳收起，昨夜星月已逝
酣夢半醒，遂裸步遣閑
海是累了，沙肥椰樹瘦
薄煙漸朗，晨曦還會遠嗎？

曉風無聲
天地間，人靜鳥歡

〈詩外〉春節期間，偷閒陪好友前往象島遊玩，人是回來了，心卻留在
島上。（莫凡）

求佛

一束鮮花
二支臘燭
三炷清香

求的人太多
佛累了
佛睡著了

〈詩外〉清清醒醒，迷迷糊糊，真真假假，虛虛實實，塵世無常，一切
　　　隨緣，阿彌陀佛。（莫凡）

莫
凡

網路

> 這是一個沒有水的海
> 沒有水的海中生長著許許多多的魚
> 這是一張沒有眼的網
> 網中的魚在做著形形色色的夢
> 有的因此變了命運
> 有的命運因此被改變

〈詩外〉想像不會犯罪，因而我把它劫為己有，然後寄禍給詩。（莫凡）

哭牆

用心寫的信
可經由你而到達主那兒

我沒什麼可寫
因為主的旨意
無處不在　無所不知

〈詩外〉信仰是自由且多方面的，詩能包容自由且多方面的信仰。（莫凡）

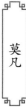

皺紋

我一直沒有注意到你的存在
可是當我發現你的時候
我的青春
已被你
出賣……

〈詩外〉洞察力是很重要的，敏銳的洞察力加上豐富的想像力，增強詩
　　　　無限的感染力。（莫凡）

筆

在你的懷中
有一條難以切割的線
黑夜裡
我背著塵囊用你的線牽著一盞燈
在一個潔淨的世界
——流浪

〈詩外〉對我來說，想像的空間是讀者的，而不是作者的，詩也如此，
　　　故不宜全部占有。（莫凡）

莫凡

別

在　機場
在　碼頭
在　車站

因為你
淚水在承襲著一個
遠古的擁抱

〈詩外〉因為有了愛，詩，才有了生命。（莫凡）

井

不知你有多老
鄉村是越來越年輕

昔日村姑搗衣嘻笑
在童謠中　淡去
如今陪伴你的
野草脈脈　老榕依依⋯⋯

〈詩外〉詩賦予我一種力量，這種力量可以讓時光停留。（莫凡）

莫凡

禪

水靜
山動

心空

〈詩外〉自在無礙。（莫凡）

癡

你有形的門
一直把我
關在門外
我無形的門
一直等著你
進來……

〈詩外〉愛，是一種緣份；我深信不疑。（莫凡）

莫凡

漁夫的故事

撒　一網晨曦
收　一船夕陽

〈詩外〉人生，要懂得放與收；收與放，確實不易啊！（莫凡）

獨離

　　對不起　　司機
　　我沒準時到達約定的地點
　　山給我菜
　　水給我酒
　　我　　醉了

〈詩外〉詩是牧師，我是信徒。（莫凡）

傘

跟你　手牽手
風雨中
不捨不離

跟你　頂著天
腳底下
無怨無悔

〈詩外〉真愛，是經得住風雨考驗的。（莫凡）

童謠

夜是搖籃
老人與海都睡著了
星星和漁火
偷溜到地平線
約會……

〈詩外〉童真稚趣，我格外珍惜。（莫凡）

野趣

　　鳥
　　花
　　風鈴

　　鳥唱
　　花舞
　　風　彈琴

〈詩外〉夏日，我躺在海邊的椰子樹下，接受大自然的賜予。（莫凡）

巷的相思

它一直靜靜的
一直看著你的早出晚歸
一直讓你佔據著它的心

你沒有覺察
只是用你那飄逸的身影
吻它

〈詩外〉願天下的有情人能早日「離苦得樂」。（莫凡）

莫凡

稻草人

出於一種信任
我被賦予了生命
在老牛古鋤耕下的曲線譜上
唱著早春
守望　金秋

〈詩外〉小時候，我常到田野裡的池塘邊垂釣，稻草人就常在不遠處偷偷看我。（莫凡）

秋醉

今夜，我決定與月為偶
沒有太多緣由
漫漫星空，她一樣孤獨

清池如鏡，蟲聲似琴
帶著十八的真實
我們在池邊　幽會

〈詩外〉在美麗與善良面前，我沒有任何選擇。（莫凡）

風箏

牽著你，我絕不放手
——除非你去了會自行復返

藍天下，風雲莫測呀！

我深信，總有一天
你會明瞭
我不放的　緣由

〈詩外〉不管是什麼角度，當某種感覺闖入我的潛意識，想溜也難。
（莫凡）

木魚

單調嗎，千年音符？
聽出來了嗎，萬年回蕩？

苦海櫓聲
在普渡之中
呼喚沉睡　醒來

〈詩外〉木魚真的「木」嗎？我並不這麼認為。（莫凡）

蒲公英

有許多時候是沉默的
與貴賤無關，與美醜無關
生活是一種探索
隨風飛舞並不是我任性
我只是，我只是想知道
哪裡是風的起點，哪裡是盡頭？

〈詩外〉看著隨風飛舞的蒲公英，我想起了追逐的童年。（莫凡）

蛋蛋

創作感言

忘了從什麼時候愛上他的，從偷偷的喜歡到仰慕到最後義無反顧的愛上他。喜歡安靜的他、活潑的他、憂傷的他、靈動的他、夜深人靜的他，他以各種姿態吸引著我，讓我不由自主地為他深情吟唱！他是我的初戀，我的詩！

簡介

原名周丹鳳（2016年起改用筆名「澹澹」）1972年出生於廣東省汕頭市。1997年移居泰國，同年開始創作，習作主要以詩、散文為主，近年來開始創作短篇小說和閃小說，作品多發表於《世界日報》、《新中原日報》等華文報刊、《泰華文學》季刊以及一些海外刊物。

曾獲泰國華文作家協會主辦的2013年閃小說有獎徵文比賽季軍，2014年散文有獎徵文比賽季軍。

現為泰國華文作家協會理事、泰國留中總會寫作學會理事、小詩磨坊成員。

悟

我笑了，因為我付出了
我哭了，因為我領悟了

如果哪天我沉默了
那不是我不愛了
而是我把愛斬了根
深埋了

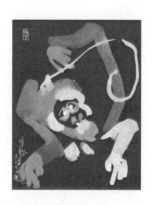

〈詩外〉悟出了很多愛的道理，卻走不出愛的漩渦。（蛋蛋）

詩亮了

新年的鑼鼓說要比嗓音
金嗓子的鞭炮就笑了
紅通通的對聯說要比紅火
好日子就笑了

龍年的第一個晨曦才擠開了門縫
湄南河的詩就已經先亮了

〈詩外〉鑼鼓、鞭炮、對聯、詩歌，都是龍的子孫。（蛋蛋）

流星

在暗夜的簀愿下

我決定
為你
出
軌

〈詩外〉月亮看見了，是否也會羨慕呢？（蛋蛋）

保質期

車輪碾過沿途的風景
記憶是信手拈來的書籤
一如剛剛開過的野花

你說你永遠愛我
我卻忘了查看保質期

〈詩外〉問：用什麼來檢驗承諾？　答：且用時間證明！（蛋蛋）

咖啡

當愛情降臨
甜蜜與苦澀
同時佔據舌尖

讓不適的初戀者
早晨興奮
夜裡失眠

〈詩外〉愛上咖啡，如愛上愛情。（蛋蛋）

暗香

開水
沖進茶杯
你的名字漸漸溫暖

細細想你親你品你
用各種方式，把你
藏到我的骨子裡

〈詩外〉慢慢的品茶，靜靜的想你，思念，是一縷淡淡的茶香。（蛋蛋）

夜

我是夜的愛人
想你的時候，我便
看看星星的眼睛
摸摸月亮的臉

街上的喧囂和熱鬧都是過客
夜，我只為你停留

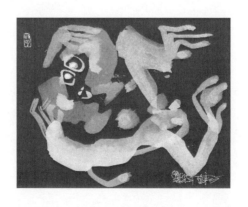

〈詩外〉真正愛上一個人，誰都會無條件的忘我。（蛋蛋）

醒著的夢

夢，不用太多
一個小小的鼾聲
足以慰藉恒久的等候

捨不得睡

等你醒來，發現天外
幸福著的憂傷

〈詩外〉過了做夢的年齡，可還是喜歡做夢，做夢是件幸福的事情。
　　（蛋蛋）

蛋蛋

255

皺紋

再怎麼波瀾壯闊
也翻不過這眉心
生命允許你清純
也希望你深奧

〈詩外〉父親母親的皺紋裡流淌著我年少時的歡笑聲，此起彼伏。（蛋蛋）

心的地圖

春天種下一顆月亮
秋天收穫一個團圓

在心裡描繪一張地圖
是否
你就不會迷失愛的方向

〈詩外〉從你的心到我的心，到底有多遠？（蛋蛋）

蛋蛋

暗夜的唇

炙熱紅唇
翻過圍牆
探索黑暗的夜

曇花不語
趕在被太陽拷問前
離開

〈詩外〉人的一生都在做著選擇，我願自己是那純潔的一朵！（蛋蛋）

瀑布

縱身跳下
千尺深淵

只因那寬廣的胸懷
恒古的誘惑

〈詩外〉大海，那是我最終的嚮往。（蛋蛋）

距離

山與水的距離
用雲來丈量
心與心的距離
讓時間去丈量

走出一步就遠了
再走多一步便近了

〈詩外〉人與人的距離是一個微妙的空間。（蛋蛋）

烏鴉說

我不喜紅衣
也不穿黃衣
我有自己平民的原則

他們總罵我言論太多

對！我要用我的黑衣，祭奠
政客們的唯利是圖

〈詩外〉善良的泰國人民，被政客們利用，弄得社會、家庭都出現了派
別分裂，真感嘆。（蛋蛋）

期待黎明

這暗夜為何為何如此漫長

我們的等待我們的守望我們的祈禱
早已通通張開翅膀

天啊！請你張開雙眼好麼

給他們指一條平坦的路
讓他們平安歸來

〈詩外〉2014年3月8日馬航MF370失去聯繫，牽動著十幾億人的心，這
　　　　天晚上我也為它徹夜難眠。（蛋蛋）

再次與你邂逅

逆著時光、順著念想，往回走
隕落的心情逐漸璀璨

梳一把你愛的馬尾
任由唇上鬚毛肆意凌亂時光
我會披上繽紛晚霞
再次與你邂逅，在那年少的地方

〈詩外〉情竇初開的美好，溫潤幾多滄桑歲月。（蛋蛋）

痛，悟

不懂得彎腰的
腰　不能彎了，才知彎腰的重要
不喜歡運動的
腳　動不了了，才想起腳下的路還有多遠

生命的旅途上總會有許多玩笑
笑著笑著，就把人生走完

〈詩外〉是不是，每個頓悟都需要有過一段痛苦的經歷呢？（蛋蛋）

月蝕，我說

我還在畫眉
便讓世界充滿遐想

長槍短炮、口沫橫飛

當你們用各種方式窺探我時
我故意躲在星際間
竊　笑

〈詩外〉日蝕、月蝕，總會吸引眾多探索、好奇的目光，外星人會不覺
　　得我們特別好笑呢？（蛋蛋）

蛋蛋

郵筒

親情、愛情，林林種種的事情
幾多歲月從我這裡流過

某一天，突然驚醒——
時間是個無情的家伙
他把我摒棄在城市的角落

我的心，空落落的

〈詩外〉曾幾何時，逢年過節，街上的郵箱都是爆滿的。（蛋蛋）

蓮說

不為豔羨的目光
只為初衷、只為陪伴
偷一滴雨露、借一米陽光
含情、綻放
在你拈花微笑的指間
我是你前世許下的願

〈詩外〉許我一生願，還你一世情。（澹澹）

蛋蛋

瑜伽

呼──吸
山水──世界

伸，萬里晴空
收，朗朗日月

剛與柔、健與美
魂與體期待破繭成蝶

〈詩外〉人生是一場漫長的修煉，我們各自修行。（澹澹）

十年，只是一個開始
——泰華《小詩磨坊》十年詩選編後記

林煥彰

十年，重讀十年，我感覺十年才只是開始；但這十年，也得來不易，我們泰華卷的《小詩磨坊》一共出了十本，又從這基礎上編選出版這本選集，是從我們前五年7+1和後五年10+1的總合2,410首詩作中選出來的10之1；不過，這本詩選能順利在預期的時限裡付印，趕上慶祝泰華「小詩磨坊」成立十周年，首先我個人還是要先感謝兩位著名詩人：洛夫先生和白靈先生，他們在百忙中慨允賜撰序文，給了我們最大的加持和鼓勵，我由衷感激。其次是我們自己十一位同仁，大家都傾心盡力配合，克服種種難題，讓我完成這項一生難得擁有的機會為泰華詩壇多做一件有意義的事，我也該好好感謝他們。

泰華「小詩磨坊」，是2006年7月6日在詩人曾心家的小紅樓成立的；我們這個類似沙龍的小團體，是以寫六行含以內的小詩為宗旨。回想十年前，我先和曾心兄談起這個構想，然後邀集泰華詩友：嶺南人、博夫、今石、楊玲、苦覺、藍燄等六位（以年齡為序，我排老三），一拍即合，就成了7+1暗合寓意媲美7+11的精神，寫詩也可以全年無休、努力不懈，因此所以，我們就互相砥礪，堅持年年有困難，年年一一克服，寫我主張的小詩的一種新形式；並且五年前，2012年我們迎來了

三位生力軍、同樣不怕折磨的年輕詩人：晶瑩、曉雲和蛋蛋，現在我們就是10+1，而我仍然是個不在泰國的泰華「小詩磨坊」成員之一，自始肩負主編工作，每年都有機會優先讀每位同仁的新作；這樣一晃就十年了，十年真的很不容易；我們做到了，是值得欣慰的事，雖然很辛苦。當然，不只我一個人辛苦，還有比我更辛苦，年年都要負責組稿兼催稿的楊玲，以及輪流設計封面、版型和排版的博夫、苦覺等；更不簡單的，還有要操心籌措募集經費的召集人曾心，多辛勞了！

是的，十年了！但我個人總覺得這還只是開始；寫詩是一條長遠的路，無論如何，我們還得繼續向前走，這本「十年詩選」只當是我們現階段的一部分抽樣，路還很長，還有很長的路要走，要一起走，走我們所喜愛的六行含以內的小詩鋪成的康莊大道。

每個人有不同的人生，出生背景不同，命運際遇不同，性向關注不同，感覺發現不同，想法感悟不同，審美表達不同……，我們需要種種不同，寫各自的詩；而小詩只是一種形式，當然它的形式，也是不只一種。

今年七月，我們正式邁進第十年；重讀十年，每一位同仁這十年每年收在《小詩磨坊》裡的每一首小詩，我一一都重讀，甚至一讀再讀，但名為主編的我，對於想挑選收錄在這選集中的作品，我竟然覺得選詩變成不是我所能勝任的，總擔心沒能把他們最具代表性的作品選出來，老實說，我只是憑我個人觀點和喜好，來完成這項工作，深怕遺漏了他們真正精彩的重要作品，希望讀者讀到的每位詩人的作品，都別當它是唯一的代表詩作，只能由此想像或判斷我們這批小詩磨坊成員、一般各自發展的可能樣貌和未來走向。

　　其實，這十年我個人獲益最大，他們陪伴我堅持主張提倡、並推廣六行含以內的小詩的寫作，自己也就不知不覺多寫了三四百首小詩，同時也讓自己有機會認真思考：六行含以內的小詩攸關基礎理論的探索和建立，陸陸續續寫下幾篇相關文字，包括〈六行小詩的新美學〉（2008曼谷《小詩磨坊》發布會講稿）、〈我喜歡的六行小詩——摸索尋找東南亞小詩的路向〉（2013曼谷「東南亞華文詩人筆會大會」發言）、〈六行小詩的天空——不只六行〉（2014棉蘭「第二屆蘇北文學節」發言）、〈六行小詩的基礎美學初步思考——從泰華六行（含以內）小詩發想談起〉（2014曼谷）、〈小詩六行，需要跳躍空間——以東西亞華文詩人一老一少的小詩為例〉（2014廈大、泉州師院「第十屆東南亞華文文學研討會」發言）等等，讓六行含以內的小詩，有機會受到普遍的關注。

　　今年歲次丙申，生肖猴子當家，我用水墨畫了《千猴圖》，正好拿部分作為這本書插圖，希望藉此機會祝福大家：猴年好運，平安健康，事事如意。

（2015.11.10/02:18曼谷啟筆／2016.06.11上午汐止完稿／
06.14晨廣州黃埔修訂）

讀詩人85　PG1548

 十年，才開始
　　——泰華《小詩磨坊》十年詩選

主　　編	林煥彰
插　　畫	林煥彰
責任編輯	盧羿珊
圖文排版	楊家齊
封面設計	蔡瑋筠

出版策劃	釀出版
製作發行	秀威資訊科技股份有限公司
	114 台北市內湖區瑞光路76巷65號1樓
	電話：+886-2-2796-3638　傳真：+886-2-2796-1377
	服務信箱：service@showwe.com.tw
	http://www.showwe.com.tw
郵政劃撥	19563868　戶名：秀威資訊科技股份有限公司
展售門市	國家書店【松江門市】
	104 台北市中山區松江路209號1樓
	電話：+886-2-2518-0207　傳真：+886-2-2518-0778
網路訂購	秀威網路書店：http://www.bodbooks.com.tw
	國家網路書店：http://www.govbooks.com.tw
法律顧問	毛國樑　律師
總 經 銷	聯合發行股份有限公司
	231新北市新店區寶橋路235巷6弄6號4F
	電話：+886-2-2917-8022　傳真：+886-2-2915-6275

出版日期	2016年7月　BOD一版
定　　價	330元

國家圖書館出版品預行編目

十年,才開始:泰華《小詩磨坊》十年詩選 / 林煥
彰主編. -- 一版. -- 臺北市 : 釀出版, 2016.07
　　面 ;　　公分. -- (讀詩人 ; 85)
　　BOD版
　　ISBN 978-986-445-120-3(平裝)

839.9　　　　　　　　　　　　　　105008678

讀 者 回 函 卡

感謝您購買本書，為提升服務品質，請填妥以下資料，將讀者回函卡直接寄回或傳真本公司，收到您的寶貴意見後，我們會收藏記錄及檢討，謝謝！如您需要了解本公司最新出版書目、購書優惠或企劃活動，歡迎您上網查詢或下載相關資料：http:// www.showwe.com.tw

您購買的書名：_____

出生日期：_____年_____月_____日

學歷：□高中 (含) 以下　　□大專　　□研究所 (含) 以上

職業：□製造業　□金融業　□資訊業　□軍警　□傳播業　□自由業
　　　□服務業　□公務員　□教職　　□學生　□家管　　□其它_____

購書地點：□網路書店　□實體書店　□書展　□郵購　□贈閱　□其他

您從何得知本書的消息？

　　□網路書店　□實體書店　□網路搜尋　□電子報　□書訊　□雜誌

　　□傳播媒體　□親友推薦　□網站推薦　□部落格　□其他_____

您對本書的評價：(請填代號　1.非常滿意　2.滿意　3.尚可　4.再改進)

　　封面設計____　版面編排____　內容____　文／譯筆____　價格____

讀完書後您覺得：

　　□很有收穫　□有收穫　□收穫不多　□沒收穫

對我們的建議：_____

_____

_____

_____

11466
台北市內湖區瑞光路 76 巷 65 號 1 樓

秀威資訊科技股份有限公司　　　收

BOD 數位出版事業部

....

（請沿線對折寄回，謝謝！）

姓　　名：＿＿＿＿＿＿＿＿＿　年齡：＿＿＿＿　性別：□女　□男

郵遞區號：□□□□□

地　　址：＿＿＿＿＿＿＿＿＿＿＿＿＿＿＿＿＿＿＿＿

聯絡電話：(日) ＿＿＿＿＿＿＿＿＿＿　(夜) ＿＿＿＿＿＿＿＿＿＿

E-mail：＿＿＿＿＿＿＿＿＿＿＿＿＿＿＿＿＿＿＿＿